Aigner, Nitzlnader, Ott, Weinert

BEZIEHUNGſ:WEIſE

Kurzgeschichten

Impressum

Bibliografische Information der Deutschen Nationalbibliothek:
Die Deutsche Nationalbibliothek verzeichnet diese Publikation in der Deutschen Nationalbibliografie; detaillierte bibliografische Daten sind im Internet über http://dnb.dnb.de abrufbar.
© 2022 Weinert, Ott, Nitzlnader, Aigner
Lektorat: Rebekka Redwitz, Fräulein Korrekt e.U.
Korrektorat: Stefanie Eisl, textfeile e.U.
Herstellung und Verlag: BoD – Books on Demand, Norderstedt
ISBN: 978-3-7562-3939-9

INHALTSVERZEICHNIS

Die Leidenschaft für das Schreiben, führte sie zusammen: Melanie Nitzlnader, AnnMarie Ott, Monika Aigner und Miriam Weinert. Aus den Jahren des gemeinsamen Schaffens entstand ein spannendes Erstlingswerk. Sie führen ihre Leser:innen an unterschiedliche Schauplätze und Stationen im Leben ihrer ambivalenten Protagonist:innen, verwoben mit aktuell gesellschaftlichen Geschehnissen. AnnMarie Ott trägt Schicht um Schicht ab, um zu erschreckenden Erkenntnissen zu gelangen. Monika Aigner lässt idyllisch anmuten, jedoch kommt es anders als angenommen. Melanie Nitzlnader taucht tief in die Tristesse und Trostlosigkeit hinab, aber nicht um Perlen zu finden, sondern um eine düstere Wahrheit ans Licht zu bringen. Miriam Weinert begegnet den Leser:innen mitunter augenzwinkernd und mit einer feinen Prise Humor. Mutig legen sie mit ihren Kurzgeschichten den Finger in die Wunden, die zwischenmenschliche Beziehungen mit sich bringen. Sei es durch den Verlust eines geliebten Menschen, das Ende einer Beziehung oder den fehlenden Bezug zu Heimat und Familie.

Miriam Weinert

TRAUMFRAU

„Dass ich meine Traumfrau mal wieder sehen darf!"

Unsere seltenen Begegnungen begannen zumeist mit solch frechen Sprüchen. Es lag stets bewusst ein großer zeitlicher Abstand zwischen unseren Treffen. Ich freute mich, ihn zu sehen. Sogar eine gewisse Nervosität spürte ich in mir.

Es gab so viel zu erzählen. Wie es einem ging, was aus den ehemaligen Kolleginnen geworden war, was man so machte. Der Spaziergang kam mir kurz vor. Die Uhr sprach etwas anderes.

Im Restaurant bekamen wir einen schönen Tisch mit Ausblick über die Stadt. Er erzählte, wie es mit seiner Firma lief, wie er zu seinem neuen Auto gekommen war und wie es gemeinsamen Bekannten erging. Ich hörte ihm interessiert zu, stellte jedoch fest, dass er nichts von einer Frau in seinem Leben erwähnte.

Als ich ihn kennengelernt hatte, hatte er volles schwarzes Haar. Nun saß vor mir ein humorvoller, gut aussehender Mann mit ergrautem Haar. Ich zog ihn deswegen ein wenig auf, und fragte ihn, ob ihm die Haarfarbe ausgegangen sei. Unsere raren Treffen waren herzlich und eine willkommene Abwechslung.

„Und was ist mit einer Partnerin für dich, gibt es da eine Anwärterin?", fragte ich beiläufig nach. Mittlerweile saßen wir vor unseren appetitlich angerichteten Tellern und vollen Gläsern. Wir ließen es uns schmecken.

Sorgsam kaute er einen Bissen Fleisch. Ich fand es witzig, dass er mir gegenüber, und außerhalb seines gewohnten Umfelds, seine Manieren zum Besten gab. Früher zeigte er keine. Vielleicht wollte er aber auch nur Zeit schinden für eine Antwort, die mich nicht weiter nachforschen ließe.

„Es gab Frauen. Immer wieder mal. Aber …" Er schob sich den nächsten Bissen in den Mund.

Ich beschloss, nicht weiter nachzufragen, weil es mich eigentlich nichts anging, und widmete mich wieder meiner Pasta.

„… meine Traumfrau sitzt mir gerade gegenüber. Der Zug ist abgefahren."

Ich verschluckte mich an einer Bandnudel und musste mit Weißwein nachspülen.

Er klopfte erschrocken, aber geistesgegenwärtig auf meinen Rücken.

„Bitte sag mir, dass das einer deiner Scherze ist!" Mehr brachte ich nach der Todesnudel nicht heraus.

Er aß unbeeindruckt weiter. Schnitt sein rosa gebratenes Steak mit geschmeidigen Messerbewegungen in mundgroße Stücke, legte ein wenig Gemüse auf die Gabel und schob alles genussvoll in seinen Mund.

Mir war der Appetit vergangen. Es herrschte peinliches Schweigen. So fühlte es sich also an, wenn man jemandem das Herz brechen musste. Nach all den Jahren.

„Die Traumfrau hat ihren Traummann schon gefunden" sagte er, nachdem er lang nachgedacht hatte.

„Es tut mir leid, dass du dir Hoffnungen gemacht hast." Ich versuchte, die unangenehme Situation zu überbrücken.

„Eines würde ich gerne noch wissen, wo wir gerade so nett beieinandersitzen", sagte er.

Ich bedeutete ihm, dass ich antworten würde.

„Hast du es jemals in Betracht gezogen?", begann er.

„Ich verstehe nicht ganz. Was meinst du?"

„Na, du und ich. Zusammen?"

Ich lehnte mich mit meinem Glas Wein zurück. Nun ließ ich mir Zeit für die Antwort. Beäugte den hellgelben

Weißwein. In den Lichtreflexionen schien sich meine Vergangenheit zu wiegen, darin tauchte er als eine Erinnerung von vielen auf. Keine Sehnsucht. Nicht dorthin zurück und nicht nach ihm. Er hatte es nie geschafft in mein Inneres zu blicken, geschweige denn zu meinem Herzen vorzudringen. Mein Herz blieb unbeirrt, vielleicht weil ich die Nähe nicht zuließ und insgeheim wusste, dass er nicht der Richtige war. Mit genau dieser kühlen Art verdrehte ich ihm wohl den Kopf. Ich war jung und probierte meine weiblichen Reize aus. Verführte und wurde verführt. Wickelte um den Finger, und so manche Verwicklung machte mir mein Leben angenehmer, oder auch nicht. Es war ein freizügiges Leben gewesen, das ich genossen hatte.

Ich stellte mein Glas vorsichtig zurück auf die weiße Tischdecke.

„Nein. Es gab nie ein Zusammen für mich. Und ich habe auch nicht darüber nachgedacht." Weil ich die Situation wieder einigermaßen erträglich machen wollte, fügte ich frech hinzu: „Du solltest dir endlich eine Frau in deiner Welt suchen."

Er setzte sein mir vertrautes Lächeln wieder auf, begann Witze zu reißen und wir lachten. Später, als ich ihn zu seinem Auto begleitete, schlug er vor, ich sollte ihn einmal besuchen. Ich sagte zu und wusste doch, dass ich es nie tun würde.

Monika Aigner

DIE RÜCKKEHR

Rechnungen, Informationen eines Reiseveranstalters, Prospekte über Prozenttage im Möbelhaus. Genervt sieht Walter die Post durch. Jeden Tag derselbe Mist. Er sortiert die Werbung ungelesen aus und beginnt, die an ihn persönlich adressierten Nachrichten zu öffnen. Da bleibt sein Blick irritiert an einem Kuvert haften. Blütenweiß, ein schmaler schwarzer Rand und die Anschrift mit der Hand geschrieben. Er dreht den Brief um, doch es steht kein Absender darauf. Mit einem mulmigen Gefühl betrachtet er das Schriftstück, greift nach dem Brieföffner und schlitzt den Umschlag auf. Ein kleiner Zettel flattert ihm entgegen:

Deine Tante Emma ist gestorben.

Das Begräbnis ist am 17. Juni um 15 Uhr.

Dein Cousin Herbert

Ach du meine Güte, Post aus der Heimat! Das ist wie Post aus dem Jenseits.

Walter liest die wenigen Zeilen noch einmal: 17. Juni ... das heutige Datum. Wenn er bei dem Begräbnis dabei sein möchte, muss er sich rasch entscheiden. Will er das? Walter kratzt sich am Kinn. Ins Bad müsste er, einen Zug raussuchen, ein paar Termine absagen. Würde sich alles ausgehen, wenn auch knapp.

Wie lang ist er nicht mehr im Dorf seiner Kindheit gewesen? Das müssen mindestens dreißig Jahre sein. Ist Herbert nicht der, der Briefträger geworden ist? Oder ist Erwin der Briefträger und Herbert der vom Gemischtwarenladen? Beide sind Söhne seines Onkels väterlicherseits. Walter konnte sie als Kind nicht besonders gut leiden. Sie waren immer im Doppelpack unterwegs und ließen keinen Raum für andere.

Walter selbst ist das einzige Kind seiner Eltern. Manchmal hat er sich einen Bruder gewünscht, um mit ihm Spaß zu haben und nicht nur von den stets überarbeiteten Erwachsenen umgeben zu sein. Viel Zeit, um Freundschaften zu schließen, Fußball zu spielen, im Wald herumzustreunen oder Baumhäuser zu bauen, hatten sie früher aber alle nicht. Ihre Eltern waren einfache, ärmliche Bauern und der Nachwuchs wurde schon von klein auf im bäuerlichen Betrieb heftig eingespannt. Allein der Gedanke an Kartoffelklauben bereitet Walter heute noch Rückenschmerzen. Die Holzarbeiten im Wald waren für einen kleinen, schmächtigen Jungen überfordernd, oft schmerzten seine Glieder so sehr, dass er nächtelang trotz der Erschöpfung kaum schlafen konnte.

Walter wirft einen Blick in den Umschlag. Ein mehrmals gefaltetes Blatt Papier befindet sich darin. Walter zieht es heraus, faltet es auseinander und erkennt, dass es sich um die Todesanzeige der Emma Keilwurz handelt. Er überfliegt den Text: *In tiefer Trauer ... unvergessen ... unermüdliche Hände ... in Dankbarkeit ... nehmen wir Abschied von Emma Keilwurz ...* Die üblichen Floskeln, die nichts über Verstorbene aussagen, ihnen die Persönlichkeit rauben und sie in die Anonymität schicken.

Aus diesen nichtssagenden Satzfetzen kann Walter nicht herauslesen, wer denn nun diese Emma Keilwurz war. Er fährt sich mit gespreizten Fingern durch die schon etwas schütteren dunklen Locken. Er legt das Blatt zusammen, faltet es wieder auseinander, betrachtet es noch einmal. Langsam steigen Bilder in ihm auf, zuerst schemenhaft, dann nehmen sie Konturen und Farben an. Tante

Emma, eine der Schwestern seiner Mutter … Aber welche?

Da hat es zwei Frauen gegeben, die mit ihm und seinen Eltern in einem Haushalt gelebt haben: Emma und Elsa. Nicht nur ihre Namen ähnelten sich, auch ihr Aussehen, ihre Gestik und ihr Gang. Sie trugen immer weite dunkle Blusen und lange Röcke. Die Haare waren zu einem Zopf geflochten und kreisförmig hochgesteckt. Beide, unverheiratet und kinderlos, waren seit jeher auf dem Hof gewesen, kümmerten sich um den Haushalt und das Vieh. Jeden Abend saßen die Tanten, tief über ihr Strickzeug gebeugt, am großen Eichentisch in der Wohnküche beisammen. Dabei murmelten sie immer irgendwelchen Tratsch vor sich hin. Alle Vorkommnisse im Dorf wurden kommentiert.

„Der Oberwalder hat eine neue Kuh."

„Der hat Geld!"

„Die Gruber Zenzi ist schwanger, wer weiß von wem."

„Na, vom Bauern."

„Glaubst?"

„Der Sauhund hängt doch einer jeden ein ledig's Kind an."

„Jo, eh."

So oder so ähnlich verliefen die abendlichen Gespräche der beiden Frauen, bis sie ihr Strickzeug einrollten, in einem Korb verstauten, „Gute Nacht" murmelten und in ihre gemeinsame Schlafkammer schlurften.

Nur am Samstagabend durften die Stricknadeln ruhen. Da glitten die abgegriffenen Perlen des Rosenkranzes durch die Hände der Frauen. Das rhythmische Gesäusel wirkte auf Walter einschläfernd. „Gegrüßet seist du Maria, voll der Gnade …" Bereits nach den ersten Sätzen fielen ihm die Augen zu. Die Mutter stand meist am Ofen und rührte im Maisgrieß oder im Eintopf für den nächsten Tag, der Vater döste im abgewetzten Lehnstuhl vor sich hin.

Ein äußeres Unterscheidungsmerkmal gab es bei den Tanten jedoch: das Doppelkinn. Bei einer war es nur eine Falte, wenn sie den Kopf senkte, bei der anderen schoben sich drei Wülste zusammen. Doch welche ist nun gestorben, die Einfaltigkeit oder die Dreifaltigkeit?

Walter schmunzelt über sein Wortspiel. *Einfältigkeit* könnte er die eine der Tanten auch nennen. Sie war zwar immer fleißig, war vom Hof nicht wegzudenken, das weiß Walter heute. Doch die harten Arbeitsjahre, ein Leben ohne Mann und Kinder, ohne eigenes Heim, immer auf die Almosen von Schwester und Schwager angewiesen, hatten sie verbittert gemacht. Viel warf der Hof nicht ab und Walters Vater ließ sie spüren, dass sie nur geduldet waren.

Ihre keifende Stimme schrillt noch in Walters Ohren, wenn sie ihn in den Stall schickte, um bei den Schweinen auszumisten oder die Hühner zu füttern. Er konnte weder die grunzenden, furzenden Schweine leiden, die sich im eigenen Dreck suhlten und deren Gestank ihn schwindlig machte, noch das gackernde Federvieh. Nur die kleinen Ferkelchen gefielen ihm, doch die waren für den Verkauf bestimmt.

Die Einfältige hatte kein Verständnis für diesen jungen Buben, der auch etwas Zeit für sich gebraucht hätte, ein wenig Zuwendung, ab und zu eine Streicheleinheit. Sie sah ihn nur als unzulängliche Hilfskraft, als Esser, der sich sein Essen nicht richtig verdiente. Die Tante machte ihn bei jeder Gelegenheit bei den Eltern schlecht. Wenn er versuchte, sich dagegen aufzulehnen, setzte es eine Ohrfeige von Vater oder Mutter dazu.

„Er hat schon wieder die Stalltür offengelassen!"

„Aber ich hab sie doch …"

Klatsch.

„Das Holz ist schief aufgeschlichtet!"

„Ich wollte nachher noch …"

Klatsch.

Nachdenklich reibt sich Walter die Wange. Wie oft hat ihn die Verbitterung dieser Frau getroffen, ihn als schwächstes Glied in der Kette der Hofhierarchie?

Wie kann es sein, dass die Tanten so verschieden waren? Im Gegensatz zur Einfaltigkeit war die Dreifaltigkeit gütig und leise. Sie arbeitete nicht weniger hart, war vor allem für die Wäsche und die Speisekammer verantwortlich. Sie rubbelte die Wäschestücke im Zuber sauber, bis ihre Hände rot und rissig waren, hängte alles hinter dem Hof in den Wind und plättete die Stücke anschließend, mit dicken Schweißperlen auf der Stirn. Vom Frühjahr bis zum Herbst kochte sie Früchte ein, Kraut, rote Rüben aber auch süßes Apfelmus und Marmelade. Sie klagte nie, wurde nie laut und wenn Walter sie bei ihrer Arbeit aufsuchte, strich sie ihm liebevoll übers Haar und steckte ihm manchmal ein Stück Schokolade oder ein Gläschen köstlicher Himbeermarmelade zu. Sie stellte sich nie offen hinter Walter, wenn dieser grob oder ungerecht behandelt wurde. Doch ihre heimlichen Liebesbeweise machten das für ihn wett. Er fühlte sich bei ihr geborgen und geliebt.

In der Schürzentasche verwahrte sie immer ein Fläschchen, aus dem sie in unbeobachteten Momenten einen Schluck nahm. Es war eine klare Flüssigkeit und ihr Atem roch danach ein wenig scharf.

„Was ist in deinem Fläschchen, Tante? Darf ich kosten?"

„Nein, Bub, das ist Medizin. Die tut meinem Herzen gut."

Seither erinnert ihn der Geruch eines Obstlers oder eines anderen klaren Schnapses an die heilsame Medizin seiner Tante.

Nachdenklich beschäftigt sich Walter nochmals mit den Zeilen des Briefes.

Leider gibt es keinen Hinweis darauf, um welche der beiden Tanten es sich handelt. Für die böse würde er die überstürzte Reise nicht auf sich nehmen. Oder doch? Nur um sie in der Grube verschwinden zu sehen? Der guten würde er gern die letzte Ehre erweisen. Sie war das Licht in seiner dunklen Kindheit und er würde sich seine Abwesenheit nicht verzeihen.

Walter hat das Gefühl, zwei Stimmen in seinem Kopf wahrzunehmen. Ein Hin und Her aus Pfeif-darauf-und-bleib-zu-Hause und Natürlich-wirst-du-fahren.

Wofür willst du in dieses gottverlassene Nest fahren? Zu den einfältigen, starrsinnigen Bauern?

Du solltest zu diesem Begräbnis fahren.

Nein, das zahlt sich nicht aus, was willst du denn dort?

Die gute Tante hat dich geliebt. Wenn sie gestorben ist, gehört es sich, ihr die letzte Ehre zu erweisen.

Nein, zünd eine Kerze zu Hause an und gut ist's.

Vielleicht ergibt sich die Gelegenheit, der anderen, der Bösen, noch eins auszuwischen. So vor allen Leuten. Das wäre doch ein gutes Gefühl, nach all ihren Boshaftigkeiten, die sie dir angetan hat.

Du magst die Leute nicht und sie mögen dich nicht. Und die böse Alte kapiert sowieso nichts, was auch immer du sagst.

Walters Magen macht sich knurrend bemerkbar und lenkt ihn von den inneren Stimmen ab. Er beschließt, sich ein schnelles Frühstück zuzubereiten und die Sachlage noch kurz zu überdenken.

Halbwegs satt lehnt er sich etwas später zurück. Er hat genug von seiner eigenen Unentschlossenheit und beschließt, zum Begräbnis der Tante in das Dorf seiner Kindheit zu fahren. In seinem Inneren gelangt er immer mehr zur Überzeugung, es würde sich bei der Verstorbenen um die gute Tante handeln. Vielleicht, weil er das Gefühl hat, dass Boshaftigkeit zäher ist als Gutmütigkeit, vielleicht auch, weil es heißt: Die Guten gehen zuerst.

Kurz macht sich Walter Gedanken über die Auswahl der dem Anlass entsprechenden Kleidung. Er besitzt keinen Trachtenanzug, das Tragen einer Tracht verweigert er seit seiner Kindheit. Er entscheidet sich für einen dunkelblauen Blazer und dunkle Jeans, auffallen wird er in der Trauergesellschaft ohnehin.

Kurz nach zehn Uhr sitzt Walter bereits im Zug. Das gleichmäßige Rattern macht ihn schläfrig und er gibt sich Tagträumereien hin. An seinem in die Ferne schweifenden Blick zieht die Landschaft vorbei: Wälder, Maisfelder, Kühe, ab und zu ein Dorf, ein kleiner Weiler, eine Kirche auf einem Hügel. Er lässt seine Gedanken ziehen, bis sie sich in der Vergangenheit verfangen.

Das Aufwachsen auf dem Bauernhof in dem kleinen Dorf hat sich in allem von den kitschigen Filmen über das Leben auf dem Land oder von den bunten Hochglanzprospekten unterschieden, die *Urlaub auf dem Bauernhof* anpreisen. Wie Blitzeinschläge sieht er die Hand des Vaters auf ihn herniederfahren und er hört die keifende Stimme der Mutter. Er spürt seine müden Gliedmaßen, wenn die Arbeit im Stall schon weit vor Schulbeginn zu erledigen war. Im Blick zurück scheint ihm, er sei immer schmutzig und rotzig gewesen. Auch der Geruch von Schweinemist und Hühnerdreck haftete an ihm wie Kleister und steigt ihm in der Erinnerung stechend in die Nase.

Jeden Samstagabend wurde Walter im großen Holzzuber in der Küche eingeweicht und geschrubbt, damit er der Familie am Sonntag beim Kirchgang keine Schande machte. Dieser religiöse Eifer, der starrsinnige Glaube, der strafende Gott, den der Pfarrer von der Kanzel herab beschwor, machten ihm Angst. Er war immer froh, wenn die Messe vorbei war.

Die Schule war für ihn die Zeit der Erholung, denn in den Ferien, vor allem in den Sommerferien, wartete Arbeit im Stall, auf den Feldern und auf dem Hof. Manchmal gelang es ihm, sich im Wald oder in einer der Scheunen zu verstecken, doch wenn er wieder auftauchte, erwartete ihn häufig eine Tracht Prügel. Walter erkannte schon bald, dass die Schule für ihn nicht nur eine Form der Freiheit bedeutete, sondern dass sie auch der Schlüssel zum Verlassen des Dorfes war. Der Dorflehrer sorgte dafür, dass Walter, gegen den Willen der Eltern, ein Stipendium für die höhere Schule und für ein Internat in der Stadt bekam.

Dort war er zwar all die Jahre Außenseiter – die meisten seiner Mitschüler waren städtisch, gut angezogen, redegewandt und wussten von Dingen, die ihm, dem Dörfler, völlig fremd waren. Doch das störte ihn nicht. Er war glücklich über sein winziges Zimmer, das saubere Bett, die Ruhe in der Bibliothek. Vor allem aber liebte er den Unterricht. Er saugte den Stoff, der ihm dargeboten wurde, in sich auf, hatte in den meisten Fächern gute Noten, musste sich bei den Fremdsprachen ein wenig plagen, glänzte dafür in Mathematik und Kunst.

Walter war zwar ruhig und fleißig, galt aber dennoch nicht als Streber. Er half seinen Kollegen geduldig bei den Vorbereitungen auf Prüfungen und Schularbeiten. „Super, jetzt versteh ich's! Du erklärst es besser als der Lehrer!" Solche und ähnliche Komplimente stärkten Walter. Als Dank für seine Hilfe wurde er auch manchmal in ein Kaffeehaus oder in einen Biergarten mitgenommen.

Nur in den Weihnachtsferien kehrte er ins Dorf zurück. Während sein Leben in der Stadt so viel Neues brachte und ihn immer wieder in Staunen versetzen konnte, schien im Dorf alles stillzustehen. Beim Kirchgang, daheim in der Stube mit den dunklen Deckenbalken und der Mischung aus Weihrauch- und Schnapsgeruch, beim Räuchern im Stall, bei diesen alten Ritualen, schien es ihm, als würde er keine Luft bekommen, sein Hals schnürte sich zu, der Felsen auf seiner Brust nahm ihm den Atem.

„Ist sich der Herr Student eh nicht zu fein zum Stallausmisten?" Der Vater ließ keine Gelegenheit aus, zu sticheln. Walter vermutete damals, dass der Vater merkte, wie sehr sich sein Sohn äußerlich veränderte und innerlich entfernte. Das machte den Vater unsicher und er versuchte, es durch besondere Schroffheit zu übertünchen.

Die Mutter knurrte bestenfalls: „Da bist ja wieder. Hoffentlich lernst was Gescheites, wenn du schon nicht am Hof arbeitest. Könnten wir schon brauchen, ein paar frische, kräftige Hände, wir werden auch nicht jünger."

„In der Stadt studieren, aber zu blöd dafür, die Schweine ordentlich zu füttern." Die Stimme der bösen Tante wirkte zwar im Laufe der Jahre nicht mehr so kräftig, doch an ihrer Herrschsucht und Verschlagenheit hatte sich nichts geändert.

Solche und ähnliche Bösartigkeiten bekam er damals regelmäßig um die Ohren geschlagen. Doch die Hand gegen ihn zu erheben, traute sich da niemand mehr, nicht einmal der Vater.

Nur die gütige Tante zeigte sich erfreut über seine Anwesenheit. Immer noch steckte sie ihm manchmal ein Stück Schokolade und ein paar Geldscheine von ihrem wenigen Ersparten zu. In der Speisekammer hatte sie an einem geheimen Ort Eingemachtes versteckt, Apfelmus, saure Gurken, ein Stück Geselchtes und Blutwürste von der letzten Schlachtung. Mit diesen Köstlichkeiten stattete sie den Studenten aus, bevor er wieder in die Stadt fuhr. Hin und wieder ließ sie sich sogar dazu hinreißen, ihm die Schulter zu tätscheln, ein für ihn unvertraut zärtlicher Körperkontakt. Wenn sie dann noch den Kopf an seine Schulter lehnte, nahm er ganz zart den Duft ihrer Medizin wahr.

„Der Bub studiert!“ Sie war stolz auf ihn und nur ihr konnte er von der Stadt erzählen, von den Menschen, die dort lebten, und von der Schule, von seinen Erfolgen und den Beschwerlichkeiten.

Walter beendete das Gymnasium und später die Hochschule für Architektur mit Bravour. Nach dem Abschluss kehrte er zum letzten Mal in das Dorf zurück, um der Familie von seinem Diplom zu erzählen. Wenig überraschend erntete er kein Lob und keine Anerkennung von den Eltern und der bösen Tante. Nur die gütige Tante freute sich für ihn und wünschte ihm alles Gute für die

Zukunft. Bei einer letzten Runde durch das Dorf spürte er, dass ihn nichts mehr mit den Menschen dort verband. Er war schon so lang fort, dass er sich an die Namen vieler Männer und Frauen nicht mehr erinnern konnte und selbst bekannte Gesichter ihm fremd geworden waren. Manche Dörfler grüßte er, doch er hatte kein Bedürfnis, auf ein paar Worte stehen zu bleiben. Walter schien es, als würden sie ihn auch nicht erkennen, sie schauten ihn mürrisch an oder gingen mit gesenktem Kopf an ihm vorbei, nur wenige nickten ihm kurz zu.

Viele Jahre war er als Architekt im Ausland tätig und die Nachrichten über den Tod des Vaters und später das Dahinscheiden der Mutter erreichten ihn auf Umwegen und zu spät. Er war erleichtert, dass er der moralischen Verpflichtung, der Verabschiedung beizuwohnen, aus diesem Grund entkommen war.

Gedanken, wie er das einmal bei den Tanten halten würde, machte er sich nie. Er dachte zwar oft an die beiden, an die eine voller Liebe, an die andere mit Groll. Dass auch sie betagt waren und das Ende ihrer Tage kommen würde, war ihm damals klar. Doch je mehr Jahre ins Land zogen, umso weniger kümmerte es ihn.

Nun hat ihn die Realität eingeholt.

Eine Durchsage reißt Walter aus den Gedanken. Sie kündigt seinen Zielbahnhof an. Walter steht auf und geht zum Ausstieg. Nachdem der Zug gehalten hat, öffnet Walter die leicht quietschende Tür und steigt aus.

Nun steht er auf dem kleinen, fast menschenleeren Bahnhof. Erstaunlich, dass bei diesem in die Jahre gekommenen Gebäude der Zug noch hält. An vielen Stellen des Mauerwerks gibt der abgebröckelte Putz bereits den Blick auf die Ziegel frei. Der örtliche Fahrdienstleiter tippt sich zum Gruß an den Schirm der roten Kappe und bläst bei der Abfahrt des Zuges in seine Pfeife. Walter denkt sich, dass der Mann damit seine Arbeit für die nächsten Stunden wohl erledigt hat.

Langsamen Schrittes verlässt Walter die Station. Vor dem Bahnhof steht eine Wartebank, vermutlich war sie früher grün, ein paar wenige Farbreste erzählen davon. Daneben welkt eine nicht mehr zu definierende Topfpflanze.

Walter will die alten Wege gehen, unter den Füßen seine Spuren spüren. Er wundert sich, dass es die Tankstelle immer noch gibt, eine Blechhütte, weiß gestrichen mit zwei Zapfsäulen davor. Hier hat sein Vater früher Benzin für den Zweitakter geholt. Der Postwirt hat geöffnet, der Brandnerwirt scheint schon länger geschlossen zu sein. Bei letzterem sind die Fenster blind, die Fensterläden hängen schief in den Angeln, ein paar rostige Stühle stehen im ehemaligen Gastgarten.

Walter betritt den Postwirt. Ein paar alte Stammsäufer sitzen beisammen und schweigen in ihr Bier, der Wirt trocknet sich die Hände in einem schmutzigen Geschirrtuch ab.

„Ich hätt' gern einen Kaffee und ein Wasser", gibt Walter seine Bestellung auf.

Die wenigen Gäste heben kurz ihre Köpfe, der Wirt beäugt Walter misstrauisch. „Selten, dass sich ein Fremder ins Dorf verirrt", meint er.

Walter hat keine Lust, sich zu erklären, und antwortet knapp: „Bin auf Besuch da."

Das reicht dem neugierigen Gegenüber nicht: „So, so, auf Besuch. Bei wem denn?"

„Lange Geschichte." Walter will sich nicht unterhalten, er wendet dem Wirt den Rücken zu und setzt sich an einen der Tische.

Vor sich hin murmelnd kümmert sich der Wirt um die Bestellung.

Walter sieht sich in der heruntergekommenen Gaststube um. Die Resopaltische scheinen noch dieselben zu sein wie damals, als sich der Vater hier regelmäßig seinen Rausch angetrunken hat. Meist hat er alles bis auf den letzten Groschen versoffen, was er vorher am Markt verdient hatte. Manchmal ist Walter von der Mutter losgeschickt worden, um den Vater aus der Wirtschaft abzuholen, doch das ist immer gründlich misslungen und endete mit schallenden Ohrfeigen.

Der Wirt bringt die Getränke. Die Tasse knallt er so auf den Tisch, dass der Kaffee überschwappt, das halbvolle Glas Wasser stellt er daneben. Den Zucker hat er vergessen, doch Walter hat keine Lust, ihn darauf aufmerksam zu machen. Abgestandener Mief dringt in Walters Jacke und in sein Gemüt. Er trinkt das dünne Kaffeegebräu und das Wasser in schnellen Schlucken. Er zahlt und verlässt fast fluchtartig die Wirtsstube.

Die Gewohnheit lenkt ihn in die Richtung des elterlichen Hofs. Wer ihn jetzt bewirtschaftet, weiß er nicht, er hat das Erbe vor vielen Jahren ausgeschlagen.

Walter kommt an Häusern vorbei, deren Besitzer er früher mehr oder weniger gekannt hat. Das Elternhaus der Rosi erkennt er noch, sie war seine erste Liebe, ihr hat er die Schultasche getragen und für sie hat er Äpfel geklaut. Er bemerkt, dass sich am Fenster ein Vorhang zur Seite schiebt, eine ältere Frau beobachtet ihn, den Fremden. Sonst scheint hier alles ausgestorben zu sein. Bei manchen Gärten erkennt man die sorgsame Pflege, Gemüse wächst in Reih und Glied, an einigen Hauswänden ranken Kletterrosen. Andere Grundstücke sind verwahrlost, hier hat sich die Natur ihren Platz zurückerobert, die dazugehörigen Häuser wirken unbewohnt. Die jungen Menschen haben wohl, genau wie Walter selbst, das Dorf verlassen, um in den Städten ihr Glück zu suchen. Die Alten sind hiergeblieben und haben nicht mehr die Kraft, alles in Ordnung zu halten.

Etwas abseits liegt der Bauernhof seiner Kindheit. Walter nähert sich langsam und sucht nach einem Gefühl für das alte Gebäude. Doch in seinem Inneren regt sich nichts, kein Zorn, keine Trauer, keine Wärme, nur eine banale Fremdheit. Er sieht die Brombeerranken und die Brennnesseln, die sich über den Zaun beugen. Hier wird alles, was die Mutter und die Tanten früher mühevoll gepflanzt haben, von stacheligem Gestrüpp überwuchert. Im Innenhof scharren ein paar Hühner im Dreck und ein Hund, der an einer langen Kette hängt, keift den ungebetenen Gast geifernd an. Walter umrundet das Bauernhaus, meidet den Misthaufen dahinter, blickt zu den Fenstern hinauf, durch deren Scheiben er früher seine kleine Welt gesehen hat.

Walter fischt sein Handy aus der Hosentasche, um zu schauen, wie spät es ist. Es ist bereits vierzehn Uhr dreißig. Ein Seufzer entfährt ihm. Nur noch eine halbe Stunde bis zum Begräbnis, läppische dreißig Minuten trennen ihn von der Begegnung mit dem Großteil der Dorfbewohner. Er hat ein flaues Gefühl im Magen, seine Kopfhaut kribbelt. Am liebsten würde er umkehren, zurück zum Bahnhof gehen, in den Zug steigen und nach Hause fahren. Doch er hat sich entschieden zu kommen, nun wird er sich der Situation stellen. Zu Fuß wird er rund fünfzehn Minuten zur Kirche brauchen.

Walter wendet sich vom Hof ab und macht sich auf den Weg. Hinter dem Friedhof befindet sich ein Hügel. Walter gelangt über einen schmalen Wiesenweg auf die kleine Anhöhe. Ein sanfter Wind biegt die Gräser und Walter kann wieder frei atmen, spürt die Felsen in seinem Inneren langsam bröckeln. Hier steht noch der Bildstock der Jungfrau Maria, geschmückt mit bunten Kunstblumen und einer batteriebetriebenen Kerze, die zartrot leuchtet. Walter setzt sich auf die Holzbank daneben und betrachtet das Dorf aus angenehmer Entfernung.

Der Zwiebelturm der Kirche erhebt sich stolz über die Häuser, nur die Kirchturmuhr hat schon einen Zeiger verloren, der andere hat sich auf sechs Uhr eingependelt. An drei Seiten umgibt der Friedhof die Kirche, daneben stehen das Gebeinhaus und das wohl noch immer unbewohnte Totengräberhaus. Die Aussegnungshalle dahinter ist ein moderner Bau, die gab es zu Walters Zeit noch nicht.

Walter erinnert sich, dass der Friedhof fruher als Schmuckstück des Dorfes galt. Die Gräber waren stets mit Blumen und brennenden Kerzen geschmückt und wurden liebevoll gepflegt. Unkraut und Verwahrlosung wurden hier nie geduldet.

Nun erblickt Walter den Sarg, der, mit einem Blumenbukett geschmückt, vor dem Kirchtor steht. Ein paar Bestatter stehen herum und rauchen gemütlich Zigaretten. Über die Straße kommen die Mitglieder der Blasmusik in ihren Uniformen, die Instrumente glänzen in der Sonne. Langsam füllt sich der Kirchhof. Das ganze Dorf scheint auf den Beinen zu sein, immer mehr bedächtig schreitende Menschen treffen aus allen Richtungen ein, manche mit Blumen in den Händen. Die Männer tragen dunkle Trachtenanzüge und schwarze Krawatten, die Frauen ihre schönen, langen Festtagsdirndln mit schwarzen Schürzen. Sie verweilen beim Sarg, bekreuzigen sich und stellen sich dann in kleinen Grüppchen zusammen. Lang betrachtet Walter das Bild, das sich ihm bietet. Auf die Entfernung kann er niemanden erkennen, es ist nur eine grauschwarze Ansammlung von gesichtslosen Gestalten.

Walter erhebt sich von der Bank und geht auf den Friedhof zu. Je näher er der Trauergemeinschaft kommt, desto zögerlicher werden die Schritte. Neben einer alten, weit ausladenden Linde bleibt er stehen, lehnt sich an die borkige Rinde des Baumes und betrachtet aus sicherer Distanz die Menschen genauer. Die Frauen haben sich zu den Frauen gestellt, die Männer zu den Männern. Fast alle halten ihre Köpfe gesenkt und sprechen leise. Mit beiden Händen halten die Frauen ihre Handtäschchen umklammert, manche Männer treten etwas ungeduldig von einem Fuß auf den anderen. Sauber geputzt schimmern ihre Schuhe in der Mittagssonne.

Walter blickt in die Gesichter der Dörfler. Sie scheinen ihm alle alt, faltig, ausgezehrt und mürrisch. An einer sehr alten Frau bleibt sein Blick hängen. Sie hat sich bei einem Mann neben ihr eingehakt, mit der anderen Hand stützt sie sich schwer auf einen Stock. Walter meint in ihr seine Tante zu erkennen. Er geht etwas näher ran, um die alte Dame besser sehen zu können. Sie trägt ein schwarzes Kopftuch, hinten zusammengebunden. Das ehemals so schöne Dirndl wirkt abgetragen und schlottert, so mager und ausgezehrt wirkt sie. Am Kinn unter dem gesenkten Kopf haben sich drei Hautwülste zusammengeschoben. Als sie den Kopf hebt, kann er ihr ins Gesicht sehen. Es wirkt vertraut, doch die vergangenen Jahre haben tiefe Falten gegraben, die Augen wirken leer, sie scheinen die Umgebung nicht mehr wahrzunehmen.

Da trifft es Walter wie ein Blitzschlag: Tante Elsa, die gütige, die Dreifaltigkeit steht dort und sieht zu ihm auf! Nicht sie ist es, die im Sarg liegt. „Danke, lieber Gott!", platzt es aus Walter heraus, was anlässlich eines Todesfalles nicht sehr pietätvoll ist, und er rennt zur geliebten Tante. Er bleibt wortlos vor ihr stehen, der Kloß in seinem Hals hindert ihn zu sprechen.

Tante Elsa blickt ihn an. Während Walter denkt, sie würde ihn nicht erkennen, füllen sich ihre Augen mit Tränen. „Walter, Bub?"

„Tante Elsa!"

Mehr gibt es im Augenblick nicht zu sagen. Sie liegen sich schluchzend in den Armen, Walter streichelt seiner Tante immer wieder über den Kopf. Die Trauergäste um sie herum samt Sarg und Musikkapelle haben sie vergessen, sie versinken in ihrer Zweisamkeit.

Dann lösen sie sich langsam voneinander, um mit Tante Emma den letzten Weg zu gehen. Für Gespräche werden sie noch genug Zeit finden, Walter wird das Dorf nicht so bald verlassen.

Melanie Nitzlnader

WIESENDUFT

Schneeflocken wirbeln vor dem Zugfenster. Die in Dämmerlicht getauchte Landschaft zieht vorüber. Emilis Kopf lehnt am kühlen Fenster. Immer wieder fallen ihr die Augen zu. Seit den frühen Morgenstunden ist sie auf den Beinen. Auch am Tag ihrer Abreise ist ihr der Stalldienst nicht erspart geblieben. Tante Hilde kennt keine Gnade, wenn es um die Arbeit geht.

Der Vormittag ist viel zu schnell verflogen. Emili wollte sich unbedingt von den Tieren verabschieden. So hat sie ihre letzten Stunden in Zell am See im warmen Stall mit den Pferden und Katzen verbracht. Wehmütig und doch voller Vorfreude hat sie den Hof verlassen, um bei strahlendem Sonnenschein und eisiger Kälte in den Zug zu steigen, der sie nach Wien zurückbringt. In Richtung Heimat. Endlich! Seit vier Jahren wartet sie auf diesen Augenblick, und jetzt ist er gekommen.

„In zehn Minuten erreichen wir die Endstation Wien Westbahnhof. Ausstieg auf der linken Seite."

Emili schreckt auf. Nur noch zehn Minuten!

Das halb aufgegessene Brot, das ihr Tante Hilde dick mit Butter bestrichen hat, liegt vergessen auf ihrem Schoß. Hastig packt sie es wieder in das Papier ein und steckt es zurück in ihre Manteltasche. Sie setzt sich ihre selbstgestrickte Mütze auf, zieht sich die dicken Wollhandschuhe an und steht auf.

Auch die anderen Passagiere im Abteil beginnen ihre Sachen zusammenzusuchen.

Emili stellt sich auf die Zehenspitzen, um ihren Koffer aus dem Gepäckfach zu holen. Er hat sich verklemmt. Nervös zerrt sie am Henkel. Der Koffer bewegt sich nur wenige Millimeter. Der Schweiß schießt ihr auf die Stirn, wird gleich darauf von ihrer Mütze aufgesaugt. Ihre Wangen glühen.

Der Zug nimmt eine Kurve und Emili verliert die Balance. Mit einer Hand stützt sie sich gerade noch am Fenster ab.

Die Hitze breitet sich in ihrem Körper aus. Sie will endlich raus aus diesem Abteil.

Noch ein Versuch. Sie stellt sich wieder auf die Zehenspitzen. Holt tief Luft und hält dann den Atem an. Sie nimmt ihre ganze Kraft zusammen und zerrt noch einmal am Griff. Mit einem Ruck gibt der Koffer nach. In hohem Bogen fliegt er aus dem Fach, plumpst auf den Boden und Emili verliert vollends die Balance. Unbeholfen macht sie einen großen Schritt nach hinten und tritt dabei einem anderen Fahrgast auf den Fuß.

„Passen Sie doch auf!"

Schnell hebt sie ihren Fuß. „Bitte entschuldigen Sie!"

Betreten blickt Emili zu Boden. Mit ihrem wuchtigen Koffer schiebt sie sich durch das Abteil. Übelkeit breitet sich in ihr aus. Die Enge, die Hitze, sie will nur noch weg. Sie öffnet die Abteiltür und tritt hinaus. Erschöpft lehnt sie sich an die Wand im Gang. Ihr Koffer steht dicht bei ihren Füßen. Sie atmet tief durch und schließt für einen Moment die Augen. Die verbleibenden Minuten verbringt sie stehend. Immer wieder drängen sich Menschen an ihr und ihrem Koffer vorbei. Im gegenüberliegenden Fenster erblickt Emili ihre Spiegelung.

Vier Jahre sind vergangen, seitdem sie Wien verlassen musste. Tante Hilde hat am Morgen noch betont, wie sehr sie sich in dieser Zeit verändert hätte. Emili sieht kaum einen Unterschied zu früher. Obwohl … Ihr Körper hat sich schon verändert. Sie ist größer geworden, hat mittlerweile sogar einen Busen. Auch ihr Gesicht ist anders, nur die großen braunen Augen sind wie früher. Ob die Mama sie noch erkennen wird? Emili ist sich nicht sicher. Fast verblasste Erinnerungen tauchen aus den weiten ihres Herzens wieder auf. An ihren Vater, der ihr jeden Abend eine Gute-Nacht-Geschichte vorgelesen hat. An ihre Katze Tinka, die sich dabei dicht an sie gekuschelt hat und mit ihr gemeinsam eingeschlafen ist. An die Lachgrübchen und die strahlenden Augen ihrer Mutter, die sie immer so fest umarmt hat, dass sie keine Luft mehr bekommen hat.

Bis der Krieg alles verändert hat. Die Lachgrübchen ihrer Mutter verwandelten sich immer mehr in Sorgenfalten. Als Lebensmittel immer schwerer zu bekommen waren und Luftangriffe wahrscheinlicher wurden, beschlossen ihre Eltern schweren Herzens, Emili nach Zell am See zu Tante Hilde zu schicken. Vorübergehend, wie sie immer wieder vor Emilis Abreise betonten. „Hitler wird den Krieg ganz schnell gewinnen und dann ist alles wieder beim Alten", versicherten ihr ihre Eltern. Aber es ist alles anders gekommen …

Doch jetzt ist es vorbei und sie kann zurück nach Wien.

Die Geschwindigkeit des Zuges verlangsamt sich, die Bremsen quietschen und es ruckelt. Emili bemüht sich um einen festen Stand. Auf keinen Fall will sie noch einmal das Gleichgewicht verlieren.

Immer mehr Menschen kommen aus den Abteilen und stellen sich ebenfalls in den Gang. Gemurmel und Rascheln erfüllen den Raum. Emili drückt sich noch näher an die Wand und blickt zu ihren Füßen.

Ein letzter Ruck fährt durch den Zug und mit einem lauten Zischen öffnen sich die Türen. Eine Menschentraube bildet sich vor dem Ausstieg und schiebt sich dann über den Bahnsteig. Emili mit ihrem Koffer ist mittendrin und wird mitgeschoben. Sie drängt sich an den Menschen vorbei an den Rand des Bahnsteigs. Neben ihr fallen sich eine junge Frau und ein Mann glücklich um den Hals. Verloren sucht Emili zwischen den Menschen ein bekanntes Gesicht. Langsam dreht sie sich einmal um ihre eigene Achse. Der Bahnsteig leert sich allmählich, bis zum Schluss nur noch Emili übrig ist. Ihr Herzschlag wird immer schneller.

Sie stellt den Koffer ab und sucht nervös in ihrer Manteltasche nach dem Bahnticket, dass ihre Eltern vor einigen Wochen mit einem Brief an Tante Hilde geschickt haben. Hastig überfliegt sie es noch einmal:

Abfahrt: Zell am See, 8. September, 13:00 Uhr. Ankunft: Wien Westbahnhof, 8. September, 16:30 Uhr.

Emili blickt auf die große Bahnhofsuhr. Sechzehn Uhr vierzig. Der Zug ist pünktlich angekommen.

Noch einmal wandern ihre Augen über den leeren Bahnsteig. Geknickt und vor Kälte zitternd nimmt sie ihren Koffer und geht langsam in die Bahnhofshalle. Mit hängenden Schultern setzt sie sich auf eine Bank. Den Koffer stellt sie dicht bei ihren Füßen ab. Sie lässt den Ausgang zum Bahnsteig keine Sekunde aus den Augen. Mit jeder Minute, die sie dort sitzt, schwindet ihre Hoffnung, dass sie abgeholt wird. Als die große Bahnhofsuhr halb sechs anzeigt, ist ihre Hoffnung dahin.

Bei Tante Hilde wäre sie um diese Zeit gerade mit den abendlichen Stallarbeiten fertig geworden. Sie könnte jetzt in der warmen Stube sitzen und mit den Katzen spielen. Bei der Erinnerung an den Hof muss sie lächeln.

Das Geräusch des nächsten einfahrenden Zuges holt sie wieder zurück in die Wirklichkeit. Keiner wird Emili abholen. Verunsichert rutscht sie auf der Bank hin und her. Ob sie den Weg allein nach Hause findet? Sie ist sich nicht sicher. Aber es hilft nichts, sie muss es schaffen!

Sie strafft ihre Schultern, steht auf und nimmt ihren Koffer. Mit zielstrebigen Schritten geht sie auf den Hauptausgang zu. Sie will endlich nach Hause.

Auf dem Bahnhofsvorplatz überrollen sie neue Eindrücke: Autos hupen, Menschen drängen sich dicht an ihr vorbei. Emili bleibt abrupt stehen. Alles sieht so anders aus. Die Erinnerung an ihre Heimatstadt stimmt nicht mit der neuen Wirklichkeit überein. Verwirrt sucht sie nach einem Anhaltspunkt. Langsam geht sie wieder los. Bleibt immer wieder stehen, um sich zu orientieren.

„Pass auf!", ruft eine Frauenstimme. Jemand packt sie an der Schulter und zieht sie zurück. Ratternd rauscht eine Straßenbahn knapp vor Emili vorbei. Scharf zieht Emili ihren Atem ein und hält die Luft an. Das war knapp! Sie schüttelt sich einmal kräftig, atmet tief durch und dreht sich um. Die Frau ist weitergeeilt, ohne dass Emili sich bei ihr bedanken kann.

Emili ist überwältigt von den Geräuschen der Stadt und der Menschenmasse. Das Stadtbild hat sich komplett verändert in den letzten Jahren. Ganze Häuserblocks liegen in Trümmern. Schutt und Gerümpel, so weit das Auge reicht.

Emili stellt sich zu einer Bushaltestelle. Für einen kurzen Augenblick schließt sie ihre Augen und versucht, sich an etwas zu erinnern, was ihr weiterhelfen könnte. Sie weiß noch, dass es vom Bahnhof circa zwanzig Minuten zu Fuß zu ihrem Zuhause sind. Von hier geradeaus und dann links. Oder vielleicht rechts?

Sie ist gerade einmal elf Jahre alt gewesen, als sie die Stadt verlassen hat. Wie soll sie sich jetzt daran erinnern? Sie ballt eine Hand zur Faust. Warum ist ihre Mutter nicht gekommen, um sie abzuholen, oder ihr Vater? Emili schleudert ihren Koffer auf den Boden. „Verdammt!", entfährt es ihr. Sie versucht, sich zu beruhigen.

Emili stellt den Koffer wieder auf und lässt sich darauf nieder. Sie schlägt die Hände vors Gesicht und beginnt leise zu weinen.

„Kann ich Ihnen helfen, Fräulein?", fragt plötzlich eine männliche Stimme besorgt.

Verwundert blickt Emili auf und sieht in die Augen eines älteren Herren. Schniefend wischt sie sich die Tränen aus dem Gesicht. „Ja, bitte! Wissen Sie vielleicht, wie ich in die Neubaugasse komme? Es sieht alles so anders aus."

„Natürlich, das ist ganz leicht! Sie gehen geradeaus" – der Mann deutet eine Straße hinunter – „und wenn die nächste Kirche kommt, biegen Sie links ab."

„Vielen Dank!", antwortet Emili. An die Kirche hatte sie gar nicht mehr gedacht. Natürlich! Jetzt fällt ihr der Weg langsam wieder ein. Emili nimmt ihren Koffer und macht sich auf den Weg. Ein eisiger Wind weht durch die Trümmerhaufen der Stadt. Aufmerksam studiert Emili die Häuserfassaden und versucht, sich dabei an die Gebäude von früher zu erinnern. Es fällt ihr schwer. Ein Schrecken hat sich in der Stadt ausgebreitet, den sie nicht begreifen kann. Die Kirche, hält sie dabei immer fest im Blick. Ihr einziger Orientierungspunkt in dieser ihr fremd gewordenen Stadt. Mit jedem Meter wird sie nervöser. Die Wut darüber, dass ihre Eltern sie nicht abgeholt haben, verwandelt sich immer mehr in Angst. Was ist wohl mit ihnen passiert? Wie ist es ihnen während der Angriffe gegangen? Steht das Haus überhaupt noch?

Die sporadischen Briefe, die sie von ihnen in Zell am See bekommen hat, waren immer gefüllt mit Belanglosigkeiten. Nichts darüber, wie es ihnen ergangen ist, nichts darüber, wie schlimm die Stadt zerstört wurde. Jetzt weiß Emili, dass ihre Eltern sie schützen wollten.

Die Kirche ist nur noch wenige Meter entfernt. Emilis Schritte werden schneller. Sie biegt links ab und da steht es. Ihr Haus. Unversehrt. Erleichtert sieht sie zum obersten Stockwerk hinauf. In der Küche brennt Licht.

Eine Frau tritt aus der Eingangstür des Hauses. Kurz bevor die Tür ins Schloss fällt, huscht Emili hinein. Laut knallt die Tür hinter ihr zu. Gedämpfte Stimmen aus den Wohnungen dringen ins Treppenhaus.

Emili schleppt ihren Koffer in den fünften Stock. Ganz außer Atem bleibt sie vor der Wohnungstür stehen. Beim Anblick der ausgeblichenen beigen Türmatte macht ihr Herz einen Sprung. Sie weiß noch genau, wie sie und ihre Mutter diese Matte gemeinsam auf einem Markt gekauft haben. In diesem Augenblick schiebt Emili all ihre Sorgen und Ängste beiseite und hämmert an die Tür. „Mama, Mama, ich bin da!", ruft sie.

Innen hört sie schlurfende Schritte, die sich der Tür nähern, und dann, wie sich der Schlüssel im Schloss bewegt. Langsam öffnet jemand die Tür.

Emili lässt den Koffer fallen und macht einen Satz nach vorne. Schluchzend fällt sie ihrer Mutter in die Arme, vergräbt ihr Gesicht an ihrem Hals und drückt sich ganz fest an sie.

Unbeholfen, als ob sie nicht mehr wüsste, wie es geht, beginnt Emilis Mutter ihr den Rücken zu tätscheln. Nach wenigen Atemzügen macht die Mutter einen Schritt zurück, um Emili zu betrachten. „Dick bist du geworden bei der Tante Hilde. So ein rundes Gesicht hast du jetzt! Komm, setz dich in die Küche, gleich gibt's Essen. Dein Vati wartet dort auf dich." Sie wendet sich ab und geht voraus in die Küche.

Emili nimmt den Koffer, stellt ihn in den Wohnungsflur und schließt die Tür. Nachdem sie ihre Sachen ordentlich in der Garderobe verstaut hat, wirft sie noch einen kurzen Blick in den Spiegel über der Kommode. Ihre Wangen sind immer noch rot. Leise geht sie in die Küche und fühlt sich wie ein Eindringling.

Auf seinem Stammplatz sitzt Emilis Vater wie früher hinter seiner Zeitung und raucht seine Pfeife.

„Hallo, Vati", sagt Emili und tritt an ihn heran.

„Emili!" Der Vater legt die Zeitung beiseite, steht auf und schließt sie in seine Arme. „Mausal, endlich bist du wieder da!"

Emili genießt die Umarmung und kuschelt sich eng an ihn. Sie schließt ihre Augen und atmet den vertrauten

Geruch ein, den sie so lange vermisst hat. Aber auch diese Berührung endet viel zu schnell.

Ihr Vater setzt sich wieder an den Küchentisch und widmet sich seiner Zeitung.

Emili steht verloren neben ihm am Tisch, blickt sich suchend im Raum um. Sie weiß nicht, was sie als Nächstes machen soll, wohin mit sich. Da kommt ihr Tinka in den Sinn. „Mama, wo ist die Tinka? Liegt sie in ihrem Körbchen?"

„Ach, Emili, die Tinka gibt's leider nicht mehr." Die Mutter unterbricht für einen Augenblick das Gemüseschälen und blickt Emili an. „Du weißt ja, dass sie schon sehr alt war und letzten Winter war's dann vorbei mit ihr. Ich wollt's dir schreiben, aber dann hab ich mir gedacht: Warum soll ich dich traurig machen, du erfährst es eh, wennst wieder daheim bist."

Fassungslos hört Emili die Worte, die sie nicht bereit ist zu glauben. Ihre Augen huschen zu der Ecke in der Küche, wo normalerweise das Körbchen gestanden ist. Es ist weg. Dicke Tränen laufen über Emilis Gesicht.

Ihre Mutter sieht es nicht, hat ihr schon wieder den Rücken zugekehrt.

Emili hat sich so lang auf ihr Zuhause gefreut. Auf die Liebe, die sie dort erwartet. Auf ihre Katze, die sich immer ganz fest an sie geschmiegt hat, wenn ihr Vater ihr eine Geschichte vorgelesen hat. Auf die Geborgenheit, die sie immer empfangen hat, wenn sie durch die Wohnungstür gekommen ist.

Aber es ist nichts mehr wie früher.

Sie blickt in das verhärmte Gesicht ihres Vaters, denkt an die tief eingegrabenen Sorgenfalten ihrer Mutter und etwas in ihr zerbricht. All die Jahre hat Emili gehofft, dass ihr Zuhause und ihre Familie den Krieg unbeschadet überstehen würden. Doch es ist nichts mehr übrig außer den leeren Hüllen ihrer Eltern.

„Mama", beginnt Emili zaghaft, „warum hast du mich zurückgeholt?"

„Na, wir haben dich halt vermisst. Und du bist jetzt fünfzehn, jetzt wird's dann Zeit, dass du arbeiten gehst. Wir sind auch nicht mehr die Jüngsten. Ein bisserl Hilfe wär schon gut."

Emili schließt die Augen. Der Duft einer frisch gemähten Wiese kommt ihr in den Sinn. Sie sieht die Pferde über die Koppel galoppieren. Schmerzhafte Sehnsucht breitet sich in ihr aus. Das lang ersehnte Gefühl der Geborgenheit bleibt ein Schatten ihrer Erinnerung.

Emili öffnet die Augen. Sie strafft ihre Schultern und nimmt den Kopf hoch. „Na dann, wie kann ich dir helfen? Arbeiten habe ich ja gelernt bei Tante Hilde."

Miriam Weinert

DAS TATTOO

Sie erwacht aus einem wirren Traum. Taucht auf in einen fremden Geruch und fremde Farben. Sie liegt in einem fremden Bett und blickt in das zufriedene Gesicht eines schlafenden jungen Mannes. So eine strahlende Ruhe erlangt man nur nach einer von Liebe durchfluteten Nacht. Er ist auch im Morgenlicht noch hübsch, denkt sie und beobachtet das gleichmäßige Heben und Senken seiner Brust. Sie lauscht seinen ruhigen Atemzügen. Langsam erinnert sie sich. An sein ehrliches Lächeln und daran, wie er sie in diesem verrauchten Pub beim Billard hat gewinnen lassen. Er sprühte vor Zuversicht und Lebensfreude wie ein Feuerwerk. Erleuchtete auch sie und zog sie damit in seinen Bann. Es waren seine Worte, seine reizenden Sätze und sie fühlte, sie gehörten zusammen.

Jetzt ist sie wach und der Weichzeichner wegradiert. So leise wie möglich schiebt sie sich aus seiner Umlaufbahn, verhindert schnelle Bewegungen. Das Letzte, was sie jetzt will, ist, dass er merkt, wie sie sich aus der Wohnung stiehlt. Den Verrat persönlich nimmt.

Sie schlüpft leise in ihr T-Shirt und ihre Jeans. Stülpt sich das Korsett der starken Einzelkämpferin wieder über. Sie will in die Unnahbarkeit zurückkehren, der sie für eine Nacht entkam.

Leise sucht sie ihre übrigen Sachen zusammen, lässt dabei kurz ihren Blick durch das gemütlich eingerichtete Zimmer schweifen. Bilder an der Wand, sie erkennt ihn darauf mit vielen unterschiedlichen Menschen in freudigen Momenten. Bemerkenswert findet sie die kräftige grüne Zimmerpflanze, die schon fast die Decke berührt. Und Bücher über Bücher. Sie tritt an das quadratische Regal voll mit Reclam-Heftchen: Schiller und Goethe sind schon ganz zerfleddert. Sie nimmt Goethe heraus, blättert ihn schnell durch, bleibt bei einem neonfarbenen Klebestreifen hängen. Liest die Stelle, die mit Kugelschreiber umrahmt ist:

Freiwillige Abhängigkeit ist der schönste Zustand
und wie wäre der möglich ohne Liebe!

Es raschelt aus Richtung des Bettes. Augenblicklich schließt sie das Heftchen. Ihr Herz schlägt merklich schneller. Sie schaut sich zaghaft nach dem Schlafenden um, hält dabei den Atem an. Er hat sich umgedreht und schläft ruhig weiter. Ihr Blick ruht sanft auf seinem Rücken. Sie kehrt zum Bett zurück. Behutsam setzt sie sich an seine Seite. Wie ein Samenkorn, das in der Nacht gesät worden ist, keimt kurz der Wunsch in ihr auf, er möge aufwachen, sie bitten zu bleiben, nur einen Moment, für einen Kaffee oder gar für immer.

Doch sie schüttet den Wunsch mit den Enttäuschungen aus ihrer Vergangenheit zu. Sie nimmt ihr verräterisches Haar, das ihn kitzelnd wecken könnte, zurück. Zum Abschied ein Kuss. Ganz zart und weich auf seine entblößte, kräftige Schulter. Darin die Hoffnung, er hafte dort ewig wie ein unsichtbares Tattoo.

Sie schließt die Tür fast geräuschlos hinter sich, wie schon so oft.

AnnMarie Ott

DIE ZEIT HEILT KEINE WUNDEN

Es regnet in Strömen. Greta will mich abholen. Sie ist noch nicht da. Ich stelle mich an der Feldherrnhalle unter, behalte die Straße im Auge.

„Hallo, ich glaube, wir kennen uns."

Ich erschrecke, schaue zur Seite. Neben mir steht ein Mann, vielleicht vierzig Jahre alt, bekleidet mit Jeans, Poloshirt und einer Sportjacke. Tourist, denke ich.

„Nein", sage ich, „ich glaube, Sie verwechseln mich!", und richte meinen Blick wieder auf die Straße.

„Aber du hast doch Katharina geheiratet!"

Jäh drehe ich mich wieder zu ihm und schaue ihn genauer an. Irgendwie kommt er mir bekannt vor. „Sie kannten Katharina?"

„Ja" – er tritt einen Schritt zurück – „entschuldige, das war unsensibel. Ich weiß, Katharina ist tot. Mein herzliches Beileid, nachträglich."

Ich winke ab. Katharinas Tod liegt nun schon zehn Jahre zurück. Dennoch versetzt es mir immer noch einen Stich, wenn ich ihren Namen höre. Aber das möchte ich nicht mit einem Fremden diskutieren.

„Ich habe mich noch gar nicht vorgestellt. Ich bin Toni. Wir haben uns ein paar Mal getroffen, damals, als Katharina dich mit in die Clique gebracht hat."

Ich habe Katharina an der Uni kennengelernt. In den Semesterferien bin ich einige Male mit ihr nach Hause gefahren, nach Heining, einem kleinen Dorf im Berchtesgadener Land. Dort habe ich auch einige ihrer Freunde kennengelernt. Kann sein, dass Toni dabei war.

Ein kurzes Hupen ertönt, Greta ist angekommen. Sie hält im absoluten Halteverbot auf der gegenüberliegenden Seite des Platzes, ich sollte mich beeilen. Ich verabschiede mich schnell von Toni und will gehen. Doch er hält mich am Arm fest.

„Ich bin ein paar Tage in München. Können wir uns nicht auf ein Bier treffen und über alte Zeiten reden?"

Eigentlich habe ich dazu keine Lust. Aber er kannte Katharina. „Na gut, treffen wir uns morgen um fünf Uhr beim Aumeister im Biergarten." Ich laufe durch den Regen zum Auto und steige ein.

Greta fährt sehr konzentriert.

„Greta ...", beginne ich und will ihr von der eigenartigen Begegnung erzählen.

Doch sie ist dabei abzubiegen, versucht an mir vorbei nach Radfahrern zu sehen, bremst, um einen Fußgänger über die Straße zu lassen. „Ja?"

„Ach, egal." Eigentlich will ich gar nicht über diesen Toni sprechen, auch nicht über Katharina, nicht jetzt.

Katharina ... Ich war geschäftlich in den USA, als es passierte. Katharinas Mutter rief mich an. Sie konnte vor Weinen kaum sprechen. Es dauerte eine Weile, bis ich zwischen dem Schluchzen verstehen konnte, dass Katharina bei einem Badeunfall ums Leben gekommen war. Später erfuhr ich, dass sie während meiner Abwesenheit ihre Familie und ihre Freunde aus der Schulzeit besucht hatte. Mit zwei Freundinnen war sie am See, einem idyllisch gelegenen Moorsee, nur ein paar hundert Meter von ihrem Elternhaus entfernt. In diesem See ist sie ertrunken.

Für mich brach eine Welt zusammen. Katharina und ich – wir liebten uns und wir ergänzten uns. Wir waren überzeugt, dass wir zusammen alles schaffen könnten.

Wir wussten, was der andere brauchte, und gaben es einander, ohne nachzudenken.

Der nächste Tag ist mit Arbeit ausgefüllt. Ich komme kaum zum Durchatmen. Am Nachmittag drängt sich dennoch immer wieder Katharina in mein Denken. Ich bin irritiert. Ich fühle mich, als würde ich fremdgehen, Greta betrügen, mit meiner toten Frau. Ich werde mich nicht mit Toni treffen. Keine Verwirrungen, kein Wühlen in der Vergangenheit. Ich liebe Greta und sie liebt mich.

Wie immer verlasse ich das Büro um siebzehn Uhr und fahre mit dem Aufzug in die Tiefgarage. Ich steige in mein Auto, mache mich auf den Nachhauseweg. Es war ein stressiger Arbeitstag und ich habe Lust auf ein gemütliches Feierabendbier. Es ist perfektes Biergartenwetter, denke ich und stehe plötzlich auf dem Parkplatz vor dem Aumeister. Da klingelt mein Smartphone. Es ist Greta.

„Kannst du bitte gleich nach Hause kommen? Ich habe eine Überraschung!"

Ich zögere. „Es tut mir leid", sage ich, „ich habe noch eine Besprechung. Aber ich werde mich beeilen." Wir verabschieden uns und ich lege auf.

Toni sitzt im hinteren Bereich unter einem Kastanienbaum und winkt mir zu.

Ich setze mich zu ihm, bin mir sicher, nur kurz zu bleiben.

„Was möchtest du trinken?"

„Ein Weißbier", sage ich.

„Und essen?"

„Nichts."

Er geht und kommt nach einer Weile mit einem Weißbier zurück, setzt sich und fängt an, von Fußball zu sprechen. Er sei FC-Bayern-Fan und würde gerne die Allianz Arena besuchen. Ob ich vielleicht Beziehungen habe.

„Nein, ich interessiere mich nicht für Fußball."

„Machst du keinen Sport?"

„Doch schon. Ich fahre Mountainbike und mache Wassersport." Warum fragt er das? Ich habe keine Lust auf Small Talk.

„Supst du auch?"

Im ersten Moment weiß ich nicht, was er meint. Stand-up-Paddeln, dämmert es mir. „Nein, eher nicht. Früher war ich Surfer, jetzt schwimme ich gelegentlich."

„Ich dachte nur, wegen Katharina, sie war ja mit dem SUP-Board auf dem See. Genauso wie Greta."

Ich schaue ihn an. „Greta? Welche Greta?"

„Na, Greta, mit der du jetzt zusammen bist. Das war sie doch, gestern im Auto? Sie gehörte auch zu der Clique um Katharina."

Das kann nicht sein!

„Sie war mit Katharina auf dem See. Wusstest du das nicht?"

„Greta?"

Jetzt sind wir genau da, wo ich nicht hinwollte. Wir sprechen über Katharina und ihren Tod. Ich wende mich ab. Betrachte die Kastanienblüten, die wie Kerzen über uns auf den Zweigen stehen.

„Sie waren beide auf dem See, jede mit einem Board", spricht Toni unbeirrt weiter. „Katharina lag auf ihrem zum Sonnen. Dann hat sie sich wahrscheinlich zu stark bewegt und ist vom Brett ins Wasser gerutscht."

Warum erzählt er mir das? Das weiß ich doch alles. Ich will es nicht hören.

„Sie ist sofort untergegangen. Greta hat noch versucht zu helfen, hat ihr das Paddel hingehalten, zum Festhalten. Doch Katharina kam nicht mehr hoch. Greta ist ins Wasser gesprungen, hat sie aber nicht gefunden."

„Wieso, nicht gefunden?"

„Du weißt doch, es ist ein Moorsee. Man hat unter Wasser kaum Sicht. Greta hat um Hilfe gerufen. Aber sie waren weit draußen. Es hat eine Weile gedauert, bis jemand auf sie aufmerksam geworden ist." Toni schweigt. Dann fügt er leise hinzu: „Es hat Stunden gedauert, bis die Wasserwacht Katharina bergen konnte. Tot." Wieder schweigt er, dann: „Das ist die offizielle Version."

„Was soll das heißen?"

Toni verteilt mit dem Finger eine kleine Lache Kondenswasser, die mein Weißbierglas auf dem Tisch gebildet hat. „Es gibt da noch eine andere Version", sagt er zögernd.

„Welche andere Version?"

„Sie waren zu dritt. Eine Freundin war am Ufer. Sie meinte, Greta hätte Katharina mit dem Paddel nicht retten wollen, sondern sie unter Wasser gedrückt."

Was redet er da? Seit dem Unfall sind zehn Jahre vergangen. Es war doch alles geklärt! Katharina ist zu lange auf dem Board in der Sonne gelegen und hat beim Sturz ins Wasser einen Herzstillstand erlitten. Das hat auch die Polizei bestätigt. Ich will nicht darüber sprechen! Ich will vergessen!

„Warum sagt sie das erst jetzt?", höre ich mich fragen.

„Sie hat es gleich der Polizei gesagt. Es kam ja sogar die Kripo. Aber die Entfernung vom Ufer war sehr groß, die Sonne stand so, dass sie geblendet sein hätte müssen. Man hat ihr nicht geglaubt. Außerdem ist sie zwei Tage später zu einem längeren Aufenthalt nach Australien abgereist."

Ich kann nicht glauben, was Toni da erzählt. Wieso habe ich nichts von alledem erfahren?

„Hast du nichts davon gehört?" Toni scheint meine Gedanken zu lesen.

Ich will ihm nicht antworten, will nicht auf diese abstrusen Verdächtigungen hören. „Ich war noch in den

USA. Es hat ein paar Tage gedauert, bis ich zurückkommen konnte. Da war schon alles abgeschlossen."

„Ja, und" – Toni zögert – „für Greta war dann der Weg frei."

„Was willst du damit sagen?"

Toni schaut mich – es scheint mir mitleidig – an. „Du hast sie nicht wiedererkannt?", fragt er leise. Seine Stimme klingt, als wolle er einen Arm um mich legen, mich trösten, wie es meine Mutter getan hat, als ich klein war.

„Wen?" Meine Stimme klemmt.

„Greta! Du hast sie kennengelernt, als Katharina dich mitgebracht hat. Sie gehörte zur Clique. Von Anfang an. Sie war ein wenig pummelig und hatte immer einen Pferdeschwanz. Ihre Haare waren damals noch nicht blond, eher" – er zögert, sucht nach dem treffenden Wort – „mausbraun." Toni spricht sehr ruhig und mit leiser, gleichmäßiger Stimme. „Sie hat dich vom ersten Augenblick an angehimmelt, du warst für sie der Prinz auf dem weißen Schimmel, der aus der großen weiten Welt in das kleine Dorf kam." Er lächelt. „Aber du hattest nur Augen für Katharina."

In meinem Kopf fahren die Gedanken Karussell. Was erzählt mir dieser verrückte Mensch? Wer ist er überhaupt? Ich kenne ihn nicht! Er kommt hierher und stellt mein Leben auf den Kopf. Es ist alles nicht wahr. Es kann nicht wahr sein. Ich kann nicht zehn Jahre mit einer Lüge gelebt haben.

„Ich habe Greta in einer Trauergruppe für verwaiste Ehepartner kennengelernt", sage ich und klinge wie ein trotziges Kind. „Nach dem Tod von Katharina. Wir haben uns anfangs gar nicht beachtet, waren beide mit unserem Verlust beschäftigt. Es hat lange gedauert, bis wir uns nähergekommen sind." Warum rechtfertige ich mich? Es geht diesen Menschen nichts an!

Wieder schaut mich Toni lange und mitfühlend an. „Ich weiß nicht, welchen Verlust sie erlitten hat. Ihren Mann hat sie jedenfalls nicht verloren. Sie war nie verheiratet."

Das kann nicht sein. Ich stehe so abrupt auf, dass der Stuhl umfällt. Ich kümmere mich nicht darum, verlasse den Biergarten, flüchte in den Englischen Garten, laufe, ohne irgendjemanden oder irgendetwas wahrzunehmen, remple einen Jogger an, der mir „Besoffen, was?" nachbrüllt.

Es kann nicht sein. Toni lügt! War da nicht ein Blitzen in seinen Augen, hat er sich nicht geweidet an meinem Entsetzen? Aber warum? Warum? Warum sollte mir Greta das antun? Meine liebe, sanfte, zärtliche Greta.

Ich muss zu ihr. Sofort.

Ich gehe zurück zum Parkplatz, steige in mein Auto und fahre nach Hause.

Als ich die Haustür aufschließe, schallt mir italienische Musik entgegen. *Con te partirò* verspricht Andrea Bocelli. Ich finde Greta in der Küche, wo sie dabei ist, ein – offenbar italienisches – Abendessen vorzubereiten. Sie steht mit dem Rücken zu mir und hackt im Rhythmus der Musik Kräuter. Um sie herum Gemüse und Küchengeräte, und dennoch wirkt die Küche ordentlich und aufgeräumt. Auf der Theke hinter ihr, die den Kochbereich vom Esstisch trennt, liegt Gretas Smartphone und ein Bluetooth-Lautsprecher. Ich gehe zur Theke, da liegen auch Reiseprospekte, Rom, unser Traum seit Jahren. Ich drücke den Stopp-Button auf dem Smartphone. Mit einem Ruck dreht Greta sich um und blickt mich an.

„Was ist los?"

„Ich muss mit dir reden."

„Okay. Kannst du dabei die Karotten schnippeln?"

„Nein."

Greta merkt, dass etwas nicht stimmt. Sie legt das Messer weg, lehnt sich mit dem Rücken an die Küchenarbeitsplatte und schaut mich an. „Was ist los?", wiederholt sie.

Ich gehe um die Theke herum und stehe jetzt direkt vor Greta. „Hast du Katharina gekannt?"

Sie verschränkt die Arme vor der Brust und schaut mich lange an. Dann nickt sie. „Ja, ich habe sie gekannt."

Mein Herz setzt kurz aus. Die Gedanken rasen. „Warum?"

„Wie meinst du das? Wir kommen aus demselben Ort."

„Ich meine: Warum hast du mir nie etwas davon gesagt?"

Greta hebt ihre Hand, massiert Stirn und Schläfe, hat die Augen geschlossen. Sie schweigt, lange. Dann atmet sie tief ein und schaut mich an. „Du hättest es nicht verstanden."

„Was? Was hätte ich nicht verstanden?" Ich packe sie an den Schultern, sie weicht zurück, doch sie steht schon mit dem Rücken an der Arbeitsplatte. Ich sehe Angst in ihren Augen aufflackern. Ich lasse sie sofort los, gehe zwei Schritte von ihr weg.

„Ich habe mich in dich verliebt, als ich dich zum ersten Mal gesehen habe." Greta spricht sehr leise, hat den Blick gesenkt, spricht zum Küchenboden. „Damals, als Katharina dich mitgebracht hat. Aber du hast mich nicht gesehen."

Ich kann es nicht glauben. Sie hat mich angelogen, all die Jahre. Ich halte es nicht aus, will hinaus, gehe zur Tür. Ihre Stimme hält mich auf.

„Ich habe dich nicht angelogen …", ruft sie.

Ich bleibe stehen.

„… wir haben nur nie darüber gesprochen", sagt sie leise.

Ich drehe mich um. Sehe sie an. Sehe die Qual in ihren Augen. Ich fühle kein Mitleid, kann sie nicht schonen. Ich muss es wissen. „Hast du Katharina unter Wasser gedrückt?" Ich muss jedes Wort einzeln in meinem Mund formen. Es ist so schwer, es auszusprechen. „Damals, auf dem See?"

Greta richtet sich auf, ihr Körper strafft sich. Ernst sieht sie mich an, aber alles Zaghafte und Ängstliche ist aus ihren Zügen gewichen. „Ich habe daran gedacht." Ihre Stimme ist fest, die Worte quälen sich aus ihr heraus. „Als ich mein Paddel ins Wasser gehalten habe. Ich habe an dich gedacht und wie einfach es wäre. Aber das war nur ein Moment." Sie dreht sich zum Fenster um, schaut hinaus. „Als ich gemerkt habe, dass sie nicht nach meinem Paddel greift, bin ich ins Wasser gesprungen. Ich dachte, sie wäre immer noch da, wo sie hineingefallen ist. Aber ich habe sie nicht gefunden. Ich bin eine gute Schwimmerin, aber der See ist dunkel, man kann im Wasser fast nichts sehen." Sie dreht sich wieder zu mir um. Ihre Stimme wird lauter, klingt panisch. In ihren Augen bilden sich Tränen. „Ich habe sie einfach nicht gefunden, habe selbst Probleme bekommen, die Orientierung verloren und kam nur mit Mühe wieder hoch. Ich rief um Hilfe, aber es hat ewig gedauert, bis mich jemand bemerkt und die Wasserwacht alarmiert hat."

Ich merke, wie die Erinnerung Greta packt. Ich spüre den Impuls, ihr zu helfen, sie zu trösten, ihr zu versichern, dass sie nicht mehr tun konnte. Aber ich bleibe stocksteif stehen und starre sie an. Wie konnte sie mir das alles verheimlichen? Wie konnte sie mich in der Trauergruppe sehen, ohne mit mir zu sprechen? Wie konnte sie mich so hintergehen!

Mein Mund ist trocken. Ich gehe zum Schrank und nehme ein Glas heraus. An der Spüle öffne ich den Wasserhahn, fülle das Glas, trinke. Dann stelle ich es ab, drehe mich wieder zu Greta um, versuche sie mit meinem Blick festzuhalten. „Warum warst du in der Trauergruppe? Du warst nie verheiratet. Du hast deinen Mann nicht verloren."

„Doch", sagt sie nach einer langen Pause, „ich war verheiratet. Genau genommen bin ich es noch immer."

Noch eine Lüge. Offensichtlich weiß ich nichts über diese Frau, mit der ich seit Jahren zusammenlebe. Ich bin müde, will nichts mehr hören, gehe zum Tisch, setze mich, stütze die Ellenbogen auf und lege meine Stirn auf die geballten Hände. Alles Lügen!

Doch sie spricht einfach weiter. Ohne Rücksicht. „Er war lieb zu mir, jedenfalls habe ich es so empfunden. Ich hatte keine Erfahrung. Ich dachte, er meinte es ehrlich, wenn er mir, dem Pummelchen, Komplimente gemacht hat. Als wir dann verheiratet waren, konnte ich nichts mehr richtig machen. Er wurde wütend, hat mich wegen Kleinigkeiten geschlagen. Vor allem, wenn er getrunken hatte. Dann verlor er die Kontrolle."

Ich schaue sie an.

Sie ist blass, spricht abgehackt, als müsse sie die Worte erst erschaffen. „Ich wurde schwanger. Ich habe mich auf das Kind gefreut. Ich wusste, ich würde es lieben. Und es würde mich lieben. Dann habe ich wieder irgendeinen Fehler gemacht. Ich weiß nicht mehr, welchen. Er hatte getrunken, mich geschlagen, gegen meinen Bauch getreten." Greta legt die Arme vor ihren Bauch, als könne sie das Kind noch immer schützen. „Ich habe das Kind verloren."

Ein Schluchzen, das schon in ihrer Brust gewartet hatte, bricht sich nun Bahn, wird zu einer Sturzflut, erfüllt die Küche. Wieder unterdrücke ich den Impuls, sie in die Arme zu nehmen. Der Zweifel hat sich fest in meinem Kopf und in meinem Herzen eingenistet. Ich verlasse die Küche.

Die Zeit heilt keine Wunden. Im Gegenteil. Stunde um Stunde, Tag für Tag spüre ich den Verrat stärker, intensiver. Er bohrt sich durch mein Denken und schiebt sich wie eine Wand zwischen Greta und mich. Wir haben uns nichts mehr zu sagen und dann zieht Greta aus. Ich bemerke es kaum. Katharina ist wieder bei mir, in meinen Gedanken, in meinem Sehnen.

Vier Wochen nach Gretas Auszug erhalte ich eine E-Mail. Im Anhang der Scan eines Artikels aus einer Ortszeitung: Es gab wieder einen Unfall, im Moorsee, eine Frau ist ertrunken, man geht von Selbstmord aus. Greta. Jetzt weine ich.

Zur Trauerfeier kommen nur wenige Besucher. Ich halte mich abseits, fühle Schuld und weise sie trotzig von mir. Dann sehe ich Toni unter einer Linde stehen. Unsere Blicke begegnen sich. Er lächelt.

Die nächsten Wochen verlaufen in bedeutungslosem Gleichklang. Am Tag fahre ich ins Büro, komme abends nach Hause und verbringe die Zeit vor dem Fernsehgerät. Die Nächte sind schwieriger. Dann kommen Katharina und Greta zurück. Irgendwann bin ich so weit, dass ich die wenigen Dinge, die Greta nicht mitgenommen hat, ordnen kann. In einer Schublade ihres Schreibtisches hat sich ein Stück Papier in einer Ritze festgeklemmt. Ich ziehe es heraus und drehe es um. Es ist ein Foto, ein Hochzeitsfoto, von Greta und Toni.

Melanie Nitzlnader

ALLES NUR EIN TRAUM

Wie ferngesteuert geht sie jeden Tag in die Arbeit. Acht Stunden stupides In-die-Tasten-Klopfen. Acht Stunden Zeit, darüber nachzudenken, was alles falsch läuft. Acht Stunden Zeit, davon zu träumen, wie ihr Leben sein könnte.

Die Zeit. Sie tröpfelt jeden Tag dahin. Lebenszeit, die nicht vergehen will.

Dann springen die winzigen Ziffern auf ihrem Bildschirm auf siebzehn Uhr. Endlich!

Hastig greift sie ihre Tasche und ruft so freundlich wie möglich ihren tratschenden Kolleginnen zu: „Ciao und schönen Abend euch!"

Dieses Geschnatter, jeden Tag! Eigentlich möchte sie sich schon seit einem Jahr einen neuen Job suchen. Die Gefahr, einen Fehlgriff zu landen, scheint ihr aber ein immer noch zu großes Risiko. Mit den Zickenkriegen der Kolleginnen kann sie mittlerweile ganz gut umgehen. Abstand halten ist ihre Devise.

Sie hastet die Treppe hinunter. Der Piepton beim Ausstempeln bringt ihr Herz jeden Tag aufs Neue zum Hüpfen. Endlich frei!

Schnellen Schrittes durch die Ausgangstür. Geschafft.

Beschwingt geht sie über den Parkplatz. Nimmt einen tiefen Zug von der frischen Abendluft und steigt in ihr Auto ein. Sie wirft die Tasche auf den Beifahrersitz, steckt den Schlüssel ins Zündschloss und startet den Wagen. Augenblicklich dröhnt laute Musik aus den Boxen. Sie lässt das Fenster ganz runter, steigt aufs Gaspedal. Der Wind fährt ihr durch die Haare. Freiheit pur. Sie singt voller Inbrunst ihr Lieblingslied mit, schlägt mit den Händen im Takt auf das Lenkrad. In ihren Gedanken ist sie wieder an dem Strand, wo sie dieses Lied das erste Mal gehört hat.

Mit wummerndem Bass parkt sie wenig später ihr Auto in der Einfahrt eines unscheinbaren Mehrparteienhauses. Sie überwindet sich, die Musik leiser zu drehen. Grau in Grau reihen sich die Häuser aneinander. Sie stellt den Motor ab. Gedankenverloren bleibt sie sitzen, starrt dabei auf ihr Haus. Und wenn sie einfach weiterfährt? An einen Ort, an dem sie keiner kennt? Seufzend nimmt sie schließlich ihre Tasche und steigt aus.

Sie geht den kurzen Weg über die Pflastersteine und öffnet die Eingangstür. Ein Schwall von Essensgerüchen kommt ihr entgegen. Missmutig rümpft sie die Nase. Frau Kruse kocht schon wieder Gulasch. Ein kurzer Blick in den Briefkasten: nur Rechnungen. Mit dem kleinen Bündel weißer Umschläge in der Hand geht sie langsam in den zweiten Stock hinauf. Sie steckt den Schlüssel in das Schloss ihrer Wohnungstür, rüttelt kurz daran. Dieses schreckliche Schloss, immer klemmt es. Nach dem vierten Rütteln springt die Tür auf.

Ein kleiner Wäscheberg liegt wartend im Flur gleich vor ihren Füßen. Den wollte sie eigentlich am Morgen noch in die Maschine werfen. Ihre gute Laune von der Autofahrt schwindet mit jeder Minute mehr. Langsam, aber sicher. Grummelnd meldet sich dann auch noch ihr Magen. Mit einem kurzen Seitenblick auf den Wäscheberg geht sie in die Küche.

Essen kochen. Es ödet sie an. Meistens gibt es Nudeln. Nudeln mit Butter oder, wenn sie wild ist, dann Nudeln mit grünem Pesto. Nur für sich allein kochen, das nervt.

Sie ist häufig allein. Allein mit ihren Gedanken, die sich immer wieder schnell in die falsche Richtung entwickeln. Jedes Mal wird ihr aufs Neue bewusst, dass sie noch keines ihrer Ziele erreicht hat. Sie wollte reisen, die Welt entdecken. Einen Mann finden, der sie zum Lachen bringt. Natur spüren, Abenteuer wagen. Doch nichts von alldem hat sie bis jetzt erreicht. Es ist hart, zuerst den ganzen Arbeitstag in Trostlosigkeit zu verbringen, nur um zu Hause festzustellen, dass es nicht wie erwartet besser, schöner oder gar leichter wird. Die ständige Langeweile in ihrem Leben, sie macht ihr zu schaffen. Ihr Geist ist dann unruhig und doch betäubt. Betäubt von den schlechten Gedanken, die den ganzen Tag wie in einer Dauerwerbesendung in ihrem Kopf ablaufen. Ein Schleier zieht sich über ihr Sein.

Abgeschottet von der Welt, kaut sie an ihren Fingernägeln, während sie den Nudeln im Topf beim Kochen zusieht. Ärgert sich kurz darauf, dass der Lack abgeht.

Ihre Seele ist träge geworden, nicht mehr bereit, Positives zuzulassen. Das Leben ist nicht so, wie sie es sich erträumt hat. Sie fühlt sich fehl am Platz. Nicht am richtigen Ort, nicht in der richtigen Zeit. Sie ist überzeugt, anderswo wäre alles besser. Leichter. Erfüllender. Sie könnte sie selbst sein. Müsste nicht eine Person spielen, die sie eigentlich gar nicht ist.

Stur vor sich hinstarrend isst sie ihre Nudeln. Diesmal wieder mit Butter. Seufzend erhebt sie sich nach kurzer Zeit. Den schmutzigen Teller und den Topf stellt sie in die Spüle. Den Abwasch kann sie auch später noch erledigen. Sie holt sich ihre Kopfhörer und startet ihre

Lieblingsplaylist. Die Musik dringt in ihren Kopf. Sie schließt die Augen. Versucht, sich mit allen Mitteln von der Tristesse des Lebens wegzutanzen. Versucht, eine andere Wirklichkeit voller spontaner Abenteuer und Spaß herbeizuzaubern. Doch immer, wenn sie zwischendurch die Augen öffnet, holt sie die Realität ein. Ihr Blick fällt auf den Wäscheberg im Flur oder in die Spüle zu ihrem einsamen Teller. Krampfhaft drückt sie die Augen zusammen. Sie will das alles nicht sehen, dreht die Musik lauter, tanzt weiter unter dem selbst geschaffenen Sternenzelt. Frei und wild, quer durch jeden Raum ihrer Wohnung.

Irgendwann ist sie außer Atem und sieht auf die Uhr. Wie lang wohl noch, bis sie schlafen gehen kann?

Zehn nach acht. Endlich, der Tag neigt sich dem Ende zu. Sie wirft ihre Kopfhörer achtlos zur Seite auf den Beistelltisch im Wohnzimmer. Jetzt steht ihr und der Couch nichts mehr im Weg. Zeit zum Entspannen. Zeit zum Abschalten. Zeit, um den Gedanken nicht mehr zuhören zu müssen.

Zwölf nach acht. Genau, sie hat heute noch gar nicht das Fernschangebot gecheckt. Hektisch zappt sie durch die Programme.

Vierzehn nach acht. Es läuft nichts Gutes. Panik! Es kann nicht sein, dass sich ihre ersehnten Hirnausschaltstunden als Enttäuschung entpuppen. Ein bisschen von der Rolle bleibt sie dann bei einer Serie hängen. Bei einer, die sie bestimmt schon dreißigmal gesehen hat. Aber da weiß sie wenigstens, was sie bekommt. Die Gefahr ist einfach zu groß, dass sie mit einem schlechten Film weitere zwei Stunden ihres Lebens vergeudet.

Ihr Kopf kennt die Dialoge auswendig. Bei manchen Szenen spricht sie langsam mit. Leerlaufmodus. Aber leider währt er nicht lang. Die Gedanken werden schon kurz darauf wieder zu Spiralen. Abwärtslaufende Spiralen. Immer tiefer und tiefer. Das Schwarze in ihr breitet sich aus. Der leere Raum wird größer.

Die Ablenkungen helfen von Tag zu Tag weniger. Zwei Tage Freizeitspaß am Wochenende genügen schon lang nicht mehr, um die Sinnlosigkeit ihres Lebens zu übertünchen. Zwei Tage, die sie damit verbringt, sich tagsüber zu stylen, um nachts auszugehen. Auf der Suche nach ein bisschen Liebe. Auf der Suche nach ein bisschen Spaß. Der Alkohol hebt ihre Stimmung für ein paar Stunden. Für ein paar Stunden fühlt sie sich wie das pure Leben. Unwiderstehlich und lebensfroh. Doch der Tag danach ist der schlimmste. Katerstimmung. Die Erkenntnis, dass jede Party einmal endet, ist bitter.

Sie ist eingesperrt. In ihren Gedanken. In ihrem Alltag. Eingesperrt in ihrer leeren Hülle.

Sie wandelt schlaftrunken in der Welt umher. Sie ist eine Tagwandelnde, der keine Ablenkung dabei hilft, der Langeweile zu entkommen.

Sie erwacht erst in der Nacht, wenn sie sich in das Reich der Träume begibt, sie sich Visionen von Abenteuern, Menschen, die sie kennenlernt, und aufregenden Erfahrungen vollends und ohne Unterbrechungen des Lebens hingeben kann. Befreit aus dem Korsett des stupiden Lebens, das sie sich doch selbst aufgebaut hat.

Morgens, wenn sie ihre Augen öffnet, in diesem kurzen Moment zwischen Schlafen und Erwachen, das ist der Moment des Glücksrausches, den sie sonst den ganzen Tag über sucht. Die wenigen Sekunden, in denen sie glaubt, alles, was sie geträumt hat, sei Wirklichkeit. Ein Lächeln breitet sich dann auf ihrem Gesicht aus. Zufriedenheit durchströmt ihren Körper, sie fühlt sich leicht und getragen vom Glück.

Wenn sie dann die Augenlider langsam hebt, ihre Umgebung wieder wahrnimmt, dann, ja dann kommt jeden Tag aufs Neue der Schlag in die Magengrube.

Alles nur ein Traum …

Miriam Weinert

Kennen Sie die Liebe?

Wenn sich darauf nicht die Richtige melden wird, dann soll er für immer allein bleiben, dann findet er sich damit ab. Insgeheim hofft er natürlich, dass ihm das Alleinsein erspart bleiben wird. Und mit dieser Hoffnung öffnet er nun die Tür zu seiner kleinen Zweizimmerwohnung.

Herbert trägt sein bestes Hemd. Neu. Extra gekauft. Dazu die Bügelfaltenhose, die sie ihm im Bügelatelier zurechtgemacht haben. Sein lichter werdendes Haar hat er sich sorgfältig gekämmt und sogar ein bisschen Wachs darin verteilt. Wie man es benutzt, hat er sich in einem Kurzvideo im Internet angeschaut. Die Friseurin hat es ihm zwar auch erklärt, aber da war er so abgelenkt von ihrer Fingerfertigkeit auf seinem Kopf, dass er es sich nicht merken konnte. Es riecht gut, das Wachs. Und weil er sich gut fühlt, treffen ihn die erstaunten und ungläubigen Blicke mit voller Wucht. Denn auch an so einer beleibten Masse, wie der seinen prallen diese nicht ab, sondern treffen immer zielgenau mitten in die Seele.

Vor der Tür stehen mehrere Leute. Eine kleine Dame streckt ihm ihre Hand entgegen: „Guten Tag, Herr Sattelgerber. Ich bin Karla Dralli. Wir sind für heute verabredet. Ich darf Sie mit dem Filmteam bekannt machen." Sie deutet auf die Personen hinter sich.

Herbert senkt seinen Blick beschämt zur Türschwelle. „Kommen Sie herein", murmelt er ihnen entgegen. Um sie einzulassen, muss sich Herbert gegen die Flurwand drücken.

Alle nicken ihm beim Eintreten höflich zu und nennen ihren Namen, achten allerdings darauf, ihn nicht bei einer unbedachten Bewegung zu streifen.

Herbert kommt es so vor, als würde der Flur mit jeder eintretenden Person noch enger werden, obwohl er bereits den Bauch einzieht, denn er möchte nicht berührt werden. Kurz und knapp bugsiert er seine Gäste in sein kleines Wohnzimmer. Mit einem Fingerzeig bedeutet er ihnen, sich auf das Sofa zu setzen. Nachdem alle Platz genommen haben, wuchtet er seinen massigen Körper in den abgetragenen Sessel. Dem Möbelstück sieht man an, dass sie beide zusammengehören, denn es gibt sehr weit nach, beugt sich Herberts fülligem Körper, mit Verlass darauf, das Gewicht zu tragen.

Während sich Frau Dralli umsieht, gaffen ihn die anderen an.

Diese Blicke, Herbert kennt das schon. Er kann sich noch gut daran erinnern, wie einmal jemand sagte, er bestehe ja nur aus Kugeln. Ihm ist klar, dass er keinen Schönheitspreis gewinnen würde, denn sein Kopf mit den dunklen strähnigen Haaren und die fleischige Nase, die mit Mitessern überzogen ist, entsprechen nicht jeder Vorstellung eines schönen Männergesichts. Aber darüber kann er noch hinwegsehen. Gegen das seit Jahren wachsende Doppelkinn jedoch ist er machtlos und schiebt diese Tatsache auf die Gene. Es lässt sich zudem schlecht rasieren, selbst mit ordentlicher Rasur sind noch sichtbare Bartstoppeln da. Was er am Kinn an Haar zu viel hat, käme ihm am Kopf ganz recht, aber das Leben ist halt kein Wunschkonzert. Das Hemd spannt über dem gesamten Oberkörper zum Reißen gefährlich, doch es war das letzte in annähernd seiner Größe. An seine sich abzeichnenden Brüste hat er sich schon lang gewöhnt und beachtet sie nicht mehr. Nur der Bauch, den möchte er verstecken. Er ist nicht fest, sondern bewegt sich in zähflüssigen Wellen. So manches Kind hat schon mit dem Finger auf ihn gezeigt. Stolz ist er hingegen auf seine kräftigen Beine. Seine dünnen Arme liegen auf den abgewetzten Armlehnen seines Sessels. Manchmal kann er kaum glauben, dass es seine Arme sind, denn sie passen – weil sie so dünn sind – nicht zum Rest des kugeligen Herberts.

Irgendwann hat es angefangen. Das Angestarrtwerden. Wenn er zurückdenkt, begann es in der Schule. Nach der Trennung vom Vater, zog die Mutter mit ihm weg. Der Vater behielt die Wohnung. Er brauchte sie für die neue, gut aussehende Frau. Die neue Schule war anders. Die Lehrer seltsam. Die Kinder gemein. Wenn Herbert nach Hause kam, war niemand da. Am Abend hielt er die Hand seiner Mutter, wenn sie weinte. Dafür war sie dankbar und umsorgte ihn mit reichlich gutem Essen. Die Einsamkeit war eine gierige Gesellschaft. Mit jedem Bissen fühlte er sich besser. Und jeder leere Teller, manchmal auch ein Topf, hat ihn stolz gemacht.

Dreißig Jahre später sitzt er hier in dieser farblosen Wohnung und wird wieder einmal angestarrt. Die Versuche seiner Gäste, sich von ihrem Gegenüber abzuwenden, misslingen sichtbar. Bei jeder seiner Bewegungen starren sie ihn wieder an. Frau Dralli hingegen wirkt gelassen. Unerschrocken. Das gibt ihm Mut.

Vor lauter Aufregung hat Herbert seine Manieren vergessen. Er versucht, sich aus dem Sessel zu heben. Fast könnte man meinen, der Sessel will ihn nicht loslassen.

Bis zur Sitzkante muss er sich vorschieben. Er braucht mehrere Versuche, um sein ganzes Gewicht vom Sitz hochzustoßen. Sämtliche Kraft in seinen Armen, Schultern und im Oberkörper muss er aufwenden, um sich hochzuhieven. Gebannt schaut ihm das Filmteam dabei zu. Als er festen Stand unter den Füßen spürt, muss er stark schnaufen. Froh darüber, ihren Blicken für ein paar Minuten zu entkommen, fragt er: „Darf ich ihnen Kaffee oder etwas zum Trinken anbieten?"

„Ja, gern", ertönt es einstimmig. Alle nehmen Kaffee.

Während Herbert in der Küche werkt, inspiziert Frau Dralli offenbar das Wohnzimmer. Er vernimmt, wie sie bereits die ersten Ideen und Anmerkungen für den Dreh an das Team weitergibt.

In der Küche klappert Herbert mit dem Geschirr. Mehrmals fällt ihm der Kaffeelöffel aus der Hand. Was hatte er denn geglaubt? Dass sie ihn wie Luft behandeln werden? Unsichtbar werden zu können für TV-Aufnahmen? Nein, Mitgefühl für seine Situation hat er sich erhofft, ja sogar erwartet, von Profis, die schon viel gesehen haben. Gut. Sie haben noch nicht angefangen. Durchziehen wird er das jetzt. Er will diese Einsamkeit nicht länger ertragen. Er will wieder die Hand einer Frau halten. Bestärkt durch diese Gedanken kehrt er mit einem vollen Kaffeetablett zurück ins Wohnzimmer.

„Herr Sattelgerber, warum haben Sie sich bei uns gemeldet?"

„Ich denke … mir bleiben nicht mehr viele Möglichkeiten." Kurz schweigt er. „Und ich habe es satt, allein zu sein", schickt er ein wenig beschämt von seiner eigenen Ehrlichkeit nach.

Frau Dralli nickt. „Also, die Herren bauen jetzt die Kameras auf und installieren die Mikrofone. Herr Sattelgerber, Ihnen ist klar, dass nicht immer nur positive Resonanz auf Fernsehauftritte folgt?"

Er wird der Kameralinse ausgeliefert sein. Ganz Österreich wird ihn anstarren. Anzeige erstatten: zu fett für ihre Augen, zu fett für ihr Weltbild. Sie werden sich oder vielleicht gleich den Sender fragen, wann er eigentlich das letzte Mal seinen Penis gesehen hat und ob er überhaupt noch hinfassen kann.

Prüfend sieht ihn Frau Dralli an.

„Wie Sie sehen," – er schlägt sich mit seinen Handflächen auf den umfangreichen Bauch, der wie Götterspeise vibriert – „habe ich mir ein dickes Fell zugelegt." Und Frau Dralli lächelt ihm aufmunternd zu.

Als alles vorbereitet ist und sich die geschäftige Unruhe im Raum legt, starten sie die ersten Probeaufnahmen. Da Herbert sehr nervös ist, stottert er manchmal Unverständliches oder verfällt in überlegendes Schweigen.

Frau Dralli ermuntert ihn mehrmals freundlich, die Kameras auszublenden, sie gar zu vergessen. Er solle sich nur auf sie konzentrieren. Was nicht passe, werde später rausgeschnitten, gekürzt und somit passend gemacht.

Das lässt ihn etwas ruhiger werden.

„Würden Sie den Damen in der Welt sagen, wer Sie sind?"

Herbert räuspert sich kurz. In diesem Räuspern liegt sein Wunsch, der Einsamkeit zu entfliehen. Die Worte kommen nun wie von selbst: „Ich bin Herbert Sattelgerber. 38 Jahre alt. Aus Salzburg."

„Warum haben Sie sich bei uns gemeldet?"

Seinen Körper will er so wenig wie möglich bewegen. Leichter zu sein, wäre ihm natürlich lieber. Aber jahrelanges Hineinstopfen aller möglichen Köstlichkeiten lässt einen nun mal so aussehen. Jetzt muss er eben leicht wie eine Feder wirken, nimmt er sich vor.

„Weil ich hoffe, die Liebe finden zu können." Beschämt schaut er zu dem Faden, der sich im Laufe der Zeit auf Fingerhöhe an der rechten Armlehne gelöst hat. Beginnt, an ihm zu spielen, streicht ihn glatt, um ihn dann wieder zusammenzuwirbeln.

„Kennen Sie die Liebe?"

Darüber muss er nachdenken.

Natürlich kennt er die Liebe. Vielmehr noch kennt er aber die Narben, die ihm die Liebe hinterlassen hat. Die

Vaterliebe, die ihm entzogen wurde, weil der lieber seine Geliebte vögeln wollte. Die Mutter, die ihre gesamte Liebe auf Herbert konzentriert hat. Die sein Leiden nicht sehen wollte, weil ihres schwerer wog, und lieber Kuchen auf den Tisch stellte, als ihn in die Arme zu nehmen. All die wunderbaren, hübschen Frauen, in die er heimlich verliebt gewesen ist. Die ihn wegen seiner heranwachsenden Masse hänselten und er sie trotzdem angehimmelt hatte.

„Ja schon. Aber es ist lange her."

„Wie lange?"

„Teenagerjahre."

Als Herbert in der Oberstufe war, hatte er eine Freundin. Sie waren anfangs auf einer Wellenlänge. Es war schön mit ihr, erinnert er sich. Zunächst bemutterte sie ihn, dann begann sie, an ihm herumzunörgeln. Da musste er klarstellen, dass er das Sagen hatte. Dann kam ein anderer. Mit Ambitionen und Ehrgeiz. Ohne zu zögern, entschied sie sich zu gehen. Nach ihr folgten nur noch Liebschaften via Chat. Digital Love. Das reichte ihm. Bis seine Mutter starb.

„Wenn nun eine Frau in Ihr Leben treten würde, wäre das womöglich eine große Veränderung für Sie?"

So hatte es Herbert noch gar nicht betrachtet. Eigentlich sollte alles so bleiben wie es ist, nur eben zu zweit. Er will in seinem Sessel sitzen, Fernsehen und dabei ihre

Hand halten. Oder sie schiebt die ihre in seine Hose. Sie soll ihm etwas Gutes kochen. Ihn unterhalten. Ihm zuhören, denn er hat so viel zu sagen. Seine Träume und Sorgen mit ihr besprechen und Zustimmung von ihr bekommen. Das Putzen wird sie übernehmen. Die zukünftige Frau – wie das schon klingt in seinem Kopf – würde ihn mit Salbe einreiben, wenn ihm die Glieder schmerzten. Ab und zu würde sie sich auf ihn setzen und ihn reiten, so wie die Animierdamen im Netz immer sagen, dass sie es mit ihm tun würden. Bei dieser Vorstellung muss er lächeln.

„Es wäre eine schöne und durchaus positive Veränderung. Eine Eingewöhnungsphase werde ich schon brauchen."

„Was, würden sie sagen, bringen Sie in eine Beziehung mit?"

Nachdenklich schaut Herbert zur Decke. Zur Achtzigerjahrelampe hinauf, folgt mit seinem Blick den metallenen Schnörkeln, die die Glühbirne umrahmen. Er versteht diese Frage nicht. Er ist ein sensibler, von Gliederschmerzen und Übergewicht geplagter junger Mann. Die Mutter liebte ihn, so wie er war, beließ es dabei, und das soll die zukünftige Frau Sattelgerber gefälligst auch tun.

„Mich!?"

„Dann frage ich anders: Wie würden Sie Ihre Herzensdame verwöhnen?"

„Ich würde ihr mein Lieblingsgericht kochen. Mit ihr meine Sendungen schauen. Ah ja, und massieren könnte ich sie. Das kann ich. Hat die Mutter immer gesagt." Ein Gericht kann er tatsächlich kochen. Nur eines. Nämlich Rindsrouladen. Die mag er sehr gern. Und die kann niemand besser als er. Alles dafür einkaufen müsste jedoch sie. Denn er geht selten außer Haus. Glücklicherweise liefern diverse Supermärkte mittlerweile bis an die Haustür. Aber er muss ja nun hier vor der Kamera nicht sagen, dass er für sich nur abgepacktes Essen in der Mikrowelle aufwärmt.

„Wie soll denn die Traumfrau aussehen?"

„Wünschen tu ich mir eine große wohlgeformte Frau. Blaue Augen und blondes Haar. Das wäre schön."

„Also eine Dame mit dunkler Haut oder mandelförmigen Augen käme nicht in Frage?"

„Nein, niemals." Schockiert sieht er Frau Dralli an. Er kann nicht glauben, dass man ihn das fragt, und will nun klarstellen: „Auch keine Dunkelhaarige mit Hakennase."

„Bitte?", fragt Frau Dralli, als habe sie ihn nicht richtig verstanden.

„Die überragende Rasse ist nun einmal die nordische. Man darf da nichts vermischen." Da ist Frau Dralli offensichtlich sprachlos. Es ist schlagartig still geworden im fahlen Wohnzimmer. Als hätten alle die Luft angehalten. Herbert beobachtet das Filmteam, deren aufgerissene

Augen und die fehlende Zustimmung motivieren ihn zur weiteren Darlegung, doch bevor er fortfahren kann, schaltet sich Frau Dralli ein.

„Es wäre interessant, mehr über Ihre Einstellung zu erfahren, aber dafür reicht die Sendezeit leider nicht."

Herbert hat die Sendung der Dralli oft geschaut. Auch schon mit der Mutter, die ihn mehrmals ermuntert hat, der einen oder anderen Frau zu schreiben. Jedoch kam nie ein für ihn zufriedenstellendes Antwortschreiben zurück. Manchmal eine freundliche Danksagung der Angebeteten, aber sie habe sich für einen anderen Interessenten entschieden. Die Mutter hat dann oft zu ihm gesagt, diese Frauen seien eh nicht gut genug für ihn, und hat Cremeschnitte gebacken, um ihm die Enttäuschung zu erleichtern.

„Wie viel wiegen Sie, Herr Sattelgerber?"

Ihm war klar, dass diese Frage kommen würde. Die Mutter hat er immer mit „Das geht dich nichts an!" abspeisen können. Schulterzuckend antwortet er mit einem Lächeln: „Mehr als andere."

„Wollen Sie es nicht sagen?"

„Das ich mehr wiege als andere, kann ich nicht verbergen."

„Wissen Sie es nicht?"

„Doch schon … 230 Kilo", nuschelt er.

„Das ist stattlich. Gibt es da manchmal Probleme in ihrem Alltag?"

„In meiner Wohnung kann ich alles machen. Beim Spazieren stört es jedenfalls auch nicht." Dabei röchelt er einen Lacher heraus.

„Würden Sie für die Richtige abnehmen?"

„Ich weiß nicht, wofür das gut wäre." Und weil er charmant rüberkommen will, grinst er. In dieses Grinsen legt er sein ganzes Selbstbewusstsein und eine Portion Charme.

„Für die Gesundheit wäre es sicherlich vorteilhafter", entgegnet ihm Frau Dralli.

„Ich bin kerngesund. Sie soll mich gernhaben, so wie ich bin." Voller Ernst sieht er in die Kamera.

„Was würde denn in einer Beziehung für Sie gar nicht gehen?"

Da gibt es viel, denkt Herbert. Zum Beispiel seinen Namen abkürzen oder gar lächerliche Kosenamen. Wenn sie nicht putzen kann, das wäre nicht gut. Denn seine Mutter hat den Boden immer zum Glänzen gebracht, man hätte davon essen können. Wenn die Dame zu gesellig ist, damit hätte er ebenfalls ein Problem. Und wenn sie überhaupt anders denkt als er, würde es nicht gut gehen. Das Zusammenleben mit seiner Mutter hatte auch deswegen so gut funktioniert, weil sie mit zunehmendem Alter empfänglicher wurde für seine Realität, die er sich mit

Hilfe des Internets aufgebaut hat. Damit sie nicht auf dumme Gedanken kam, hatte er nur kontinuierlich und nicht allzu offensichtlich die Angst und die Wut schüren müssen. Die Angst vor dem Fremden und die Wut auf die Menschen rundherum.

„Mmmh ... ein Partyhäschen würde nicht so passen. Und wenn sie recht verschlossen wäre oder meine Interessen nicht teilt, wär's auch schade", schließt er seine anstrengende Überlegung ab.

Das Filmteam macht noch ein paar Aufnahmen von der Wohnung, von Herbert und von kleineren Gegenständen. Es werden letzte Details besprochen, dann verabschiedet man sich höflich.

Herbert ist wieder allein. Es waren noch nie so viele Menschen in seiner Wohnung. Er ist froh, dass sie weg sind. Langsam räumt er das Geschirr ab, bringt es zurück in die Küche, stellt sich noch ein wenig ans Fenster und beobachtet die mitunter eilig vorübergehenden Fußgänger. Sein Blick fällt auf eine rundliche, dunkelhäutige Frau mit dicken, geflochtenen Haaren und vollen Lippen, die gedankenversunken an den Schaufenstern vorbeischlendert. Nein, denkt Herbert, niemals!

Die Sendung wurde ein paar Wochen nach der Aufzeichnung ausgestrahlt. Herbert Sattelgerber bekam für jeden Zentner eine Zuschrift. Darunter war eine handbeschriebene Postkarte mit einem Portraitfoto von Eva Braun. Diese kam in seine engere Auswahl.

Monika Aigner

ZWISCHEN MAUERN

Ich gehe an einigen alten Frauen und Männern vorbei, die aufgefädelt wie Perlen an einer Kette vor dem Eingang des Seniorenwohnheims in der Sonne sitzen. Ihre Gehhilfen stehen ordentlich eingeparkt neben den Bänken. Zwei Frauen unterhalten sich, die anderen Alten schweigen scheinbar abwesend vor sich hin. Ein Mann hat das Kinn auf den Griff seines Stockes gestützt, er wird von heftigem Husten gebeutelt.

Beim Eintreten durch die große Glastür schlägt mir ein unangenehmer Geruch entgegen. Es ist der Dunst von Alter, Krankheit und Tod. Die Eingangshalle ist peinlich sauber gereinigt, der Boden glänzt, keine Staubmaus zu entdecken. Bunte Bastelarbeiten dekorieren Wände und Tische, ein riesiger Blumenstock unterhalb einer Balustrade erstreckt sich vom Erdgeschoss bis in das erste Stockwerk. Auch zwischen seinen frischen Blättern scheint sich das seltsame Aroma auszubreiten. Mit langsamen Schritten gehe ich die Treppe in den ersten Stock hinauf und den Gang entlang. Links und rechts von mir führen Türen in die Zimmer, hinter jeder Tür verbirgt sich eine Geschichte, ein Schicksal.

Am Ende des langen Gangs stehe ich vor dem Zimmer und atme noch einmal tief durch, bevor ich die Klinke behutsam niederdrücke und die Tür öffne. Ich bleibe in der Tür stehen.

Da sitzt sie, meine Mutter, wie all die Tage zuvor, wenn ich sie besucht habe, auf dem roten Sessel halb schräg mit dem Rücken zu mir. Ich sehe sie im Profil, sie mich noch nicht. Ihr Blick ist auf das Fenster gerichtet. Ob sie die alten Bäume und den gepflegten Park mit dem Goldfischteich wahrnimmt? Die sorgfältig manikürten Fingernägel trommeln den immer gleichen Rhythmus auf die Platte des Tisches neben ihr. Ich erinnere mich an den Siegelring mit dem Familienwappen, den sie früher immer am linken Ringfinger getragen hat, und frage mich, wo er wohl geblieben ist. Komisch, wie leer dieser Finger wirkt. Ihre Lippen bewegen sich nicht, sie summt nicht, den Takt scheint ihr Inneres vorzugeben. Nur der

Kopf schaukelt ein wenig, ein Augenlid flattert leicht und eine Fußspitze wippt.

Ich trete ein, schließe die Tür und gehe ein wenig näher an sie heran, doch sie bemerkt mich nicht. Fotos von den Enkelkindern, der Speiseplan und Gedächtnisübungen bedecken bunt durcheinandergewürfelt den kleinen Tisch. Ein randvolles Glas mit Himbeersaft thront daneben. Vermutlich hat Mutter heute kaum etwas getrunken, die freundliche Pflegerin berichtet mir häufig, dass sie viel zu wenig Flüssigkeit zu sich nimmt. Die unverzichtbare Tageszeitung liegt obenauf. Manchmal versuche ich, mit Mutter über die Inhalte zu sprechen, doch ich denke, dass sie die Zeitung kaum noch liest.

Mittendrin sehe ich die Todesanzeige der Tochter, meiner Schwester, abgegriffen, zerlesen.

Mutter trägt ein sommerliches Kleid mit buntem Streublumenmuster, eine Kette aus Süßwasserperlen schmückt ihren faltigen Hals. Die schlohweißen Haare sind gewaschen und sorgfältig frisiert. Heute ist Donnerstag, Badetag, da werden alle Heimbewohner aufgefrischt.

Wird sie mich heute erkennen?

Manchmal sieht sie mich befremdet an, als sei ich ein unwillkommener Eindringling in ihrer kleinen Welt. Bei der nächsten Begegnung lächelt sie mir freundlich zu und hält mich für Tante Grete. Die ist bereits vor fünfzehn Jahren gestorben.

Im Nebenzimmer dröhnt der Fernseher. Die Bewohnerin ist schwerhörig und weigert sich standhaft, Kopfhörer zu verwenden. Die Pflegerin hat mir letzte Woche von Interventionsversuchen berichtet. „Da kriechen die Stimmen alle in meinem Kopf rum, wenn ich die Dings aufsetze", soll die Bewohnerin gesagt haben. Auch ein Argument.

Ich verharre noch ein wenig auf meinem Beobachtungsposten, lasse die Augen durch das Zimmer meiner Mutter schweifen, bin noch nicht bereit. Nicht bereit für ihre immer wiederkehrenden Fragen und meine immer gleichen Antworten.

Ich schließe die Augen, versuche innere Ruhe herzustellen. In mir ist Widerstand und Unverständnis. Meine Hände schwitzen, auf meiner Stirn bilden sich kleine Schweißperlen. Ist diese Hitze in mir der Temperatur im Zimmer geschuldet oder einfach nur der Wut, die mich hin und wieder packt? Der Zorn, dass meiner Mutter der Geist genommen wird, während ihr Körper nahezu klaglos funktioniert? Natürlich ist die Haltung gebückter, die Schritte sind kürzer, mehr ein Trippeln als Gehen, die Bewegungen unsicherer, fahriger, doch das macht mir keine Sorgen. Das nimmt ihr nicht die Würde.

Der Geist, der sich zurückzieht, die Welt, in die ich nur mit Mühe eindringen kann, verändert unsere Beziehung von Grund auf. Langsam und stetig sickert die

Persönlichkeit aus Mutter heraus. Mein Verstand sagt mir, dass hier meine Mutter sitzt, doch immer schwerer fällt es mir, Spuren zu finden, die sie kennzeichnen, die sie für mich so wertvoll machen.

Alles wirkt verkehrt. Die ehemals so starke Frau, die geschieden von ihrem schwierigen, cholerischen Ehemann uns Kinder allein aufgezogen hat, die neben dem Beruf immer Zeit für alle hatte, gastfreundlich und liebevoll gewesen ist, ist mir entglitten. Sie hat alle Herausforderungen des Lebens gelassen angenommen und mich geführt. Mutter lehrte uns durch ihr Vorbild, Menschen in ihren Eigenheiten zu akzeptieren. Sie machte keine Unterschiede, behandelte alle wertschätzend und konnte fast jede Schwäche verzeihen. Nun hat sie sich entzogen, in einer eigenen Welt verirrt.

Alles fühlt sich umgedreht an und es fällt mir schwer, meine neue Rolle zu erfüllen. Manchmal macht es mich zornig, dass sie, scheinbar einfach so, jegliche Verantwortung abgegeben hat. Ich brauch dich doch, deine Ratschläge, wenn ich verwirrt bin, deinen Trost und dein Mitleid, wenn ich verletzt bin, schreit es oft in mir.

Wie kann ich mit dem Rollentausch umgehen? Mutter und Kind, Kind und Mutter, wer ist wer? Meine Gedanken ballen sich zu einem Knäuel zusammen und es fällt mir schwer, den Fadenanfang zu finden.

Die Krankheit hat sich leise eingeschlichen. Anfangs habe ich die Dramaturgie der Veränderung nicht erkannt, alles als Vergesslichkeit eines älteren Menschen abgetan. Mal hat sie einen Namen nicht gewusst, sich an eine Straße nicht erinnert, den Schlüssel oder die Brille verlegt. Passiert uns das nicht allen hin und wieder? „Ich bin so schusselig", meinte meine Mutter dann lächelnd und genau das wollte ich hören. Ich wollte mir keine Gedanken machen, wie sich das in Zukunft verändern könnte, noch nicht. Mit der Zeit wurden die Probleme offensichtlich: Die Brille war nicht mehr nur verlegt, sondern befand sich im Kühlschrank, sie ging im Nachthemd aus dem Haus und wurde von lieben Nachbarn zurückgebracht. Eines Tages fand sie nach einem Spaziergang nicht mehr heim und wir mussten sie bei der Polizei abholen. Immer weiter zog sich ihr Geist zurück und erlaubte schließlich kein selbstbestimmtes Leben mehr. Eine Krankheit, ohne Hoffnung auf Genesung, hat sich ihrer bemächtigt. Unser Hausarzt hat mir einmal erklärt, ich müsse mir weiße Flecken im Kopf vorstellen, die wachsen, größer werden und sich nur an guten Tagen ein wenig zurückziehen. Immer häufiger legt sich das Vergessen wie ein Schleier über ihre Gedanken, der sich nur in hellen Momenten ein wenig lüftet.

Nun muss ich im Leben meiner Mutter die Fäden ziehen.

Ich denke, Mutter hat sich im neuen Heim gut einge-
lebt. Zumindest wirkt sie auf mich zufrieden. Das Zimmer ist hell und freundlich, geräumig, einige Dinge aus
ihrem früheren Leben haben hier Platz gefunden und sollen ihr ein Daheim-Gefühl vermitteln.

Der Fernseher läuft und bietet eine unbeachtete Ge-
räuschkulisse – anders als im Nebenzimmer. Die Tagesde-
cke liegt unordentlich auf dem Bett, das Nachttischchen
ist vollgeräumt. Dort befinden sich Taschentücher und
das Telefon in der Ladestation, ebenso eine Rigoletto-Fi-
gur aus Mantua und ein kleiner, schlafender Schäferhund
aus Plüsch – Requisiten aus der Vergangenheit. Es gibt einen Balkon, doch ich kann sie nie überreden mit mir hin-
auszugehen oder sich mit mir hinauszusetzen. Die Welt
da draußen scheint ihr Angst zu machen. Ich merke, dass
sie Überschaubarkeit und Rituale braucht. Die festen Es-
senszeiten sind ihr wichtig. Immer wieder blickt sie vor
den Mahlzeiten auf die Uhr, um auf keinen Fall zu spät
zu kommen, was mir oft ein Schmunzeln entlockt. Pünkt-
lichkeit war schon früher eine ihrer Stärken. Auch wenn
sie, wie mir die Pflegerinnen berichten, nicht mehr viel
isst, oft nur die Suppe, freut sie sich offensichtlich auf die
Mahlzeiten, die sie vielleicht für kurze Zeit aus der Vergangenheit in die Gegenwart holen.

Ich schließe die Augen, sammle mich kurz und mache
mich bemerkbar. „Hallo Mutti, ich bin da.“

Sie richtet ihren Blick auf mich, lächelt und nickt.

„Schön, das freut mich aber. Du warst lange nicht hier."

Mein letzter Besuch war vor zwei Tagen, doch ich will ihr die Vergesslichkeit nicht auch noch vor Augen führen. Immerhin scheint sie mich sofort erkannt zu haben.

„Aber heute habe ich richtig viel Zeit für dich. Wie geht's dir?"

„Gut, ich war heute schon im Bad." Sie führt eine Hand zu ihren schönen, weißen Haaren.

„Ist mir doch gleich aufgefallen, hübsch siehst du aus." Ein kleines Strahlen erhellt ihr Gesicht, Komplimente hört sie noch immer gern. „Und, wie war das Mittagessen?"

Mutters Finger fahren orientierungslos über die Zettel auf der Tischplatte, auf der Suche nach dem Speiseplan.

Ich helfe ihr, nehme den Speiseplan in die Hand und lese vor: „Grießnockerlsuppe, Kaiserschmarrn und Apfelkompott."

„Ich habe nur die Suppe gegessen, dann war ich schon satt."

Ein Süßspeisentiger war meine Mutter nie, bei einem Stückchen Fleisch wäre der Appetit vermutlich größer gewesen.

Es klopft an der Tür und ohne auf ein Herein zu warten, wird sie geöffnet. Eine Pflegerin steckt den Kopf herein. „Wollen wir heute Kaffee und Kuchen?", stellt sie die Frage, die ich noch nie verstanden habe. Warum wir? Will sie sich dazusetzen? Wohl eher nicht. Ein höfliches Wollen-Sie-Kaffee-und-Kuchen würde mir deutlich besser gefallen.

Mutter und ich bitten um Kaffee, auf Kuchen haben wir keine Lust.

„Wie geht es deinem Mann, hat er viel zu tun?", fragt mich Mutter. Sie ist immer ein Fan ihres Schwiegersohnes gewesen, doch seit zwölf Jahren ist er bereits der Ex.

„Ich denke, es geht ihm gut, Mutti, aber wir sind geschieden."

„Ach, das ist ja schade, warum denn?"

„Wir haben uns wohl auseinandergelebt, aber wir sind nicht böse miteinander." Diese Enttäuschung muss ich ihr bei jedem Besuch wieder bereiten, manchmal sogar mehrmals.

Warum kann sie nicht wenigstens die elementarsten Dinge mitbekommen? Wie oft spüre ich das Verlangen, ihr zu sagen: Das weißt du doch. Ich habe es dir schon so oft gesagt. Das könntest du dir auch mal merken. Der Ärger über sie schnürt mir die Luft ab und ich will sie schütteln, sie anschreien: Hör mir gefälligst zu, wenn ich mit dir rede!

Ich möchte immer nett sein, verständnisvoll, geduldig und merke doch, wie oft es mir misslingt. Ich weiß, dass ich sie mit unwirschen Worten beschäme und verunsichere, ihr ein Gefühl der Unzulänglichkeit vermittle, dennoch kann ich ungeduldige Antworten manchmal nicht zurückhalten. Dann merke ich, wie ihre Augen flackern und sich die Gedanken krümmen. Das Trommeln der Finger wird hektischer, der Kopf schüttelt mit. Ich schäme mich, weiß ich doch, dass ich ihre Wirklichkeit gelten lassen muss und ihr nicht den Stempel meiner Lebenswelt aufdrücken kann.

„Und Jakob, was macht der?"

Jakob, mein Sohn, ist ihr erklärter Liebling, wenn sie von ihm spricht, strahlt sie. „Jakob lebt und arbeitet in London. Er kommt nächstes Wochenende heim und besucht dich."

„In London?" Die Augen weiten sich, sie spitzt die Lippen. Auch diese Nachricht sorgt immer wieder für Überraschung. „Und was macht er da?"

„Er hat einen guten Job gefunden und eine nette Freundin."

„Na sowas, in London."

Eine kleine Gesprächspause folgt, die Neuigkeiten müssen verarbeitet werden, dabei nickt der Kopf ein wenig und die Finger trommeln jetzt leise.

„Weißt du, es ist schon schön hier und alle sind so nett. Aber mir fehlt die Familie. Mutter war auch schon lange nicht mehr da."

Meine Großmutter ist seit vielen Jahren tot. Die beiden Frauen hatten eine sehr enge Bindung und in den Gedanken meiner Mutter wird Großmutter immer leben. Ich winde mich bei der Antwort. Ich will nicht lügen, doch ich will nicht bei jedem Besuch wieder die alten Wunden aufreißen.

Ich begebe mich in ruhigere Gewässer, erzähle von ein paar früheren gemeinsamen Erlebnissen und wir lachen beide. In der weit zurückliegenden Vergangenheit fühlt sich Mutter sicher, sie spricht über ihre Mädchenjahre, darüber, wie sie Vater kennengelernt hat. Ihre Erinnerungen sind voller Liebe, Unangenehmes lässt sie ruhen.

Wie immer bin ich auf der Suche nach Schnittstellen, nach Punkten, an denen sich unsere Welten berühren. Das starke Band zwischen uns ist nicht gerissen, es hat sich nur gedehnt, ist länger geworden. Ich kann meine Mutter aus ihrer Welt nicht mehr herausholen, Ausflüge oder kleine Spaziergänge bedeuten ihr nichts, sie verwirren sie und machen sie verloren. Sie braucht den Schutz der Wände im Heim und den Schutz der Mauern in ihren Gedanken.

Doch wenn ich bei ihr sitze und sie anlächle, lächelt sie zurück und ihre Augen sind nicht mehr leer. Unsere Nähe ist wohltuend und tragfähig, gemeinsames Schweigen wird vom Ticken der Wanduhr begleitet und fühlt sich nie unangenehm an.

Das Fortschreiten der Krankheit kann ich nicht beeinflussen. Aber immer wieder kommen, sie das letzte Stück ihres Weges begleiten und versuchen, mich zwischen den Schatten in ihrer Gedankenwelt zu bewegen. Ich freue mich über helle Momente, auch wenn sie deutlich weniger werden. Ich kenne aber ebenso die Verzweiflung, die mich packt, wenn ich das Gefühl habe, die Welt findet jetzt schon ohne sie statt, auch wenn sie noch vor mir sitzt.

Wir werden ungewohnte, neue Begegnungen haben und bei unseren innigen Umarmungen spüren, dass Gefühle keine Demenz kennen.

AnnMarie Ott

DAS HAUS AUF DEM LAND

Sie blickt in den Rückspiegel, setzt den Blinker, zieht das Auto auf die rechte Fahrspur und fädelt in die Autobahnausfahrt ein. Fünfzehn Minuten später befindet sie sich auf einer ruhigen Landstraße.

Sie lässt sich Zeit. Zeit, um die Landschaft kennenzulernen, in die sie sich auf den Weg gemacht hat. Zeit, um in dem neuen Leben anzukommen, das vor ihr liegt.

Auf dem Beifahrersitz liegt der Brief. Vor vier Wochen hat sie ihn im Briefkasten ihrer Münchener Wohnung – zwei Zimmer, fünfzig Quadratmeter, Altbau, aber nicht der schöne Villenaltbau, einfach nur alt, winziger Balkon auf die Schleißheimerstraße, achthundertfünfzig Euro kalt – gefunden. Seit fünf Jahren lebt sie in dieser Wohnung. Nach dem Studium hat sie mit viel Glück einen Vertrag bei einem Rundfunkorchester bekommen und konnte sich endlich eine eigene Wohnung leisten. Vor zwei Jahren ist auch ihr Freund eingezogen. Stefanie mag ihren kleinen Rückzugsort, sie braucht ihn zum Ausruhen, zum Abschalten, zum Kuscheln mit Georg.

Früher waren sie beide beruflich viel unterwegs, Stefanie manchmal tagelang oder, wenn eine Tour anstand, kam sie wochenlang nicht nach Hause. Abends ließen sich Georg und sie gern durch die Maxvorstadt treiben, aßen irgendwo eine Kleinigkeit, trafen sich mit Freunden und verjazzten halbe Nächte in Kneipen und winzigen Theatern.

Dann kam Corona. Die Gigs fielen weg. Tourneen wurden storniert. Eine Session unter Corona-Bedingungen – unmöglich. Als dann auch noch die Gastronomie und die Bars schlossen, rückten die Wände der kleinen Wohnung bedrohlich näher, mutierte sie zum Unwohlort.

Dennoch, Stefanie hatte Glück. Sie hatte sich bereits während ihres Musikstudiums mit Filmmusik beschäftigt und war immer wieder freiberuflich für Agenturen tätig. Es gelang ihr, in der Sparte Fuß zu fassen. So konnte sie zu Hause in Ruhe an ihren Kompositionen arbeiten. Als dann auch Georg ins Homeoffice geschickt wurde, liebte es sich immer schwieriger.

„Ich hab jetzt ein Meeting, geh gefälligst aus dem WLAN!"

„Kannst du nicht mit Kopfhörern arbeiten, ich muss mich konzentrieren!"

Oder es ging darum, wer einkaufte, wer kochte, wer den Abwasch machte, eine unendliche Liste von Störfällen.

Und dann kam der Brief. Er war von Tante Inge. Stefanie hatte als Kind viel Zeit zusammen mit ihrer Mutter und Inge verbracht. Sie hatten den Tierpark besucht, im Englischen Garten gepicknickt oder wunderschöne Wochenenden in Inges Haus verbracht. Dann war die Mutter viel zu früh bei einem Unfall gestorben. Inge hatte versucht, Stefanie beizustehen, aber irgendwann hatten sie den Kontakt verloren.

Beim ersten Lesen des Briefes saß Stefanie auf ihrem winzigen Balkon und dachte an Tante Inge, an die Wärme, die immer von ihr ausgegangen war, an ihr Lächeln und ihre Großzügigkcit.

Liebe Stefanie,

wir haben, als du klein warst, viele schöne Tage zusammen mit deiner Mutter verbracht. Manchmal warst du auch in meinem kleinen Haus in Neudorf. Du warst immer das Mädchen,

das ich gerne zur Tochter gehabt hätte. Als du dann auch noch
Musik studiert hast, war ich sicher, dass uns ein Band verbin-
det. Auch meine Liebe gehörte immer der Musik.

Jetzt ist eine Situation eingetreten, die mich dazu bringt,
mich bei dir zu melden. Aus gesundheitlichen Gründen werde
ich längere Zeit nicht in meinem Haus leben können. Deswe-
gen meine Bitte an dich: Könntest du das Haus übernehmen?

Ich weiß, du wohnst in München, und sicher kannst du dir
ein Leben auf dem Land nicht vorstellen. Aber bitte, denk dar-
über nach. Ich möchte das Haus nicht verkaufen, kann mich
aber im Moment nicht darum kümmern. Ich weiß, das kommt
sehr plötzlich, entscheide dich in Ruhe, und teile mir bis Ende
des Monats deinen Entschluss mit. Mehr Zeit kann ich dir lei-
der nicht geben.

In Liebe
Tante Inge

Stefanie las den Brief wieder und wieder, bis sie jedes
Wort auswendig kannte.

Könnte es funktionieren? Stefanies Beziehungen waren hier in der Stadt. Es lebten jedoch gerade alle einge-
pfercht in kleine Wohnungen und die Kontakte wurden,
wenn überhaupt, über Internet und Telefon gepflegt.
Also, warum nicht? In ihrer Vorstellung wanderte Stefanie durch das Häuschen, saß mit einem Drink auf der Terrasse und betrachtete den Sonnenuntergang, lief durch

den schattigen Garten und aß Johannisbeeren vom Strauch.

Als Georg an diesem Tag gegen Abend aus dem Home-office-Schlafzimmer kam, hatte Stefanie bereits den Tisch gedeckt, Kerzen aufgestellt und Lachs mit Salbeikartoffeln, grünem Spargel und Blattsalat zubereitet. Georg stand da mit Hemd, Schlips, Sakko und Jogginghose und schaute ratlos auf den gedeckten Tisch. „Habe ich etwas vergessen? Hilf mir, ich komm nicht drauf."

Stefanie nötigte Georg, Platz zu nehmen, stellte sich hinter ihn und massierte seinen Nacken. Ein wohliges Seufzen und Grummeln zeigte ihr, dass die Anspannung des Tages bei ihm nachließ. Sie ging zum Kühlschrank, holte eine Flasche fränkischen Silvaner heraus und schenkte ihn in die bereitstehenden Gläser ein. Dann erzählte sie Georg von dem Brief.

„Wie stellst du dir das vor?", fragte Georg. „Wir haben unseren Lebensmittelpunkt in München. Soll ich jeden Tag zwei Stunden in die Arbeit fahren? Und überhaupt: Willst du München gegen ein Kuhdorf eintauschen?"

„Nein, eine winzige, überteuerte Wohnung in der Stadt gegen ein Haus, mietfrei, auf dem Land."

Georg wurde schließlich ruhiger und nachdenklicher, und als Stefanie später im Bett in seinen Armen lag und sie gemeinsam das letzte Glas Wein tranken, meinte Georg: „Vielleicht ist die Idee gar nicht so schlecht."

Stefanie wusste, sie hatte gewonnen.

In den darauffolgenden Wochen haben sie, wann immer das Homeoffice Zeit dafür ließ, geplant, verworfen, diskutiert, gestritten, nachgegeben, neue Ideen präsentiert und sich besprochen. Schließlich hat Georg vorgeschlagen, dass Stefanie erst allein aufs Land ziehen solle. Sie sei diejenige, die das Haus kenne, es sei ihre Tante Inge, der es gehöre, und Stefanie könne zu Hause arbeiten. Ihr Saxophon und ein Keyboard könne sie einfach mitnehmen.

Am rechten Straßenrand schiebt sich ein Hinweisschild nach Wasserburg am Inn in Stefanies Blickfeld. Hier muss sie abbiegen, irgendwo hinter Wasserburg steht ihr neues Zuhause. Jetzt sieht sie auch schon den Kirchturm von Neudorf vor sich. Als sie das Ortsende-Schild passiert, begrüßen sie von weitem die hohen Birken hinter dem Haus, in deren Schatten immer die Hollywoodschaukel gestanden ist.

Sie biegt in die Hofeinfahrt ein, sieht das Haus vor sich, und sofort tauchen Bilder aus ihrer Kindheit in ihren Gedanken auf. Sie steigt aus, greift nach dem Schlüssel in ihrer Jackentasche, lässt ihn dann aber dort. Bevor sie sich im Haus umsieht, will sie in den Garten. Sie geht an der Hausseite entlang und steht vor einem Gartentürchen, über das sich Rosen biegen, als wollten sie sofort einen

Dornenvorhang fallen lassen, falls jemand unerlaubt Zutritt begehrt.

Vor Stefanie liegt der Frühling. Riesige Pfingstrosen in Rot, Gelb und Weiß blühen am Zaun, umsummt von Bienen und Hummeln, die im Nektarüberfluss taumeln. Aus dem Nussbaum ertönt aufgeregtes Tschilpen. Schon kommt Mutter Spatz mit vollgeladenem Schnabel und landet auf der Stange vor dem Einflugloch, hinter dem die Jungen zetern und zanken. Stefanie bummelt in den hinteren Teil des Gartens, wo die drei stolzen, wegweisenden Birken mit ihrer in Ehren weiß gewordener Rinde stehen und die Blätter im sanften Wind bewegen. Und tatsächlich, die Hollywoodschaukel, alt und grau geworden, steht noch da.

Stefanie widersteht der Versuchung, sich sofort zu setzen und sich ins Erinnern schaukeln zu lassen. Zuvor möchte sie noch ihr Gepäck ins Haus bringen, einen kurzen Rundgang machen, die Fenster weit öffnen und die duftende Frühlingsluft das Haus ausfüllen lassen.

Als alles erledigt ist, legt sie sich in die Schaukel und sofort beginnt mit leichter Bewegung das Träumen, das Erinnern. Bei geschlossenen Augen sieht Stefanie ihre Mutter mit Tante Inge im Gras sitzen, Blumenkränze binden und sie ihr, dem kleinen Mädchen, aufsetzen.

In ihren Tagtraum schiebt sich das Bild einer Filmsequenz, an deren musikalischer Gestaltung sie gerade arbeitet. Die Stimmung ist perfekt. Mit halbgeschlossenen Augen, um die Atmosphäre zu halten, läuft sie ins Haus und sucht in ihrem Arbeitskoffer nach den Unterlagen.

Sie findet sie nicht. Stefanie wird unruhig. Das kann nicht sein. Sie hat die Unterlagen definitiv eingepackt. Die Arbeit ist fast fertig, es fehlen nur noch kleine musikalische Unterstreichungen.

Anfangs legt sie Stapel für Stapel auf den Boden, bis sie immer aufgeregter sucht und Papiere, Noten, CDs und Sticks durcheinander auf den Boden wirft. Da, die Ecke einer gelben Jurismappe ragt aus dem Berg von Papieren. Da sind die Ausdrucke! Stefanie arbeitet immer noch lieber mit Papier, kann sich dann die Musik besser vorstellen, sieht die Farben, die durch Noten, Harmonie und Rhythmik entstehen. Sie setzt sich auf den Boden und öffnet die Mappe. Leer. Dann eben doch digital. Sie hat alles auf einer Festplatte gespeichert. Die sollte eigentlich auch in der Mappe sein. Wahrscheinlich ist sie herausgerutscht. Stefanie beginnt in den Unterlagen zu wühlen, schiebt Mappen hin und her, kippt den Koffer mit der Kleidung auf den Boden, die Festplatte findet sie nicht. Kann es sein, dass sie die Unterlagen vergessen hat? Nein, sie ist absolut sicher, sie eingepackt zu haben.

Stefanie zieht ihr Smartphone aus der Hosentasche und ruft Georg an.

Er geht beim ersten Klingeln ran.

„Georg" – Stefanie hält sich nicht mit einer Begrüßung auf – „liegen die Unterlagen für die Filmmusik auf meinem Schreibtisch? Und die externe Festplatte, die ich extra dafür gekauft habe?"

„Welche Unterlagen?" Georg klingt abwesend.

„Für den neuen Film. Ich hab sie dir gezeigt. Ohne die Unterlagen kann ich nicht arbeiten. Die Festplatte fehlt auch. Darauf sind die Filmsequenzen, die ich vertonen soll. Bitte, Georg", fügt sie fast weinerlich hinzu, „kannst du nicht nachschauen?"

Sie hört ein Gerumpel. Georg steht offensichtlich auf und geht zu ihrem Arbeitsplatz im Wohnzimmer. Eine Weile ist es ruhig, dann: „Nein, hier ist nichts!"

„Bitte, du hast gar nicht richtig geschaut. Es ist wichtig!"

„Stefanie" – jetzt spricht er mit ihr wie mit einem kleinen Kind, oh, wie sie das hasst – „du hast die Mappe eingepackt. Ich hab es selbst gesehen. Du hast sie ganz oben in den Koffer mit deinem Arbeitszeugs gelegt. Räum doch erst einmal ordentlich auf, dann wird sich schon alles finden. Ich muss jetzt weitermachen." Er legt auf.

Stefanie schließt völlig erschöpft die Augen. Sie war sich so sicher, die Unterlagen eingepackt zu haben.

An den folgenden Tagen lässt sich Stefanie durch Haus und Garten ablenken. Es gibt so viel zu entdecken, zu überlegen und zu tun.

Als Georg am Freitag kommt, hält er schon beim Aussteigen aus dem Auto einen dicken Umschlag in der Hand. „Ich hab was für dich."

Stefanie nimmt den Umschlag, öffnet ihn: ihre Unterlagen und die Festplatte. „Dann waren sie doch in München!"

„Ja, im Papierkorb hab ich sie gefunden." Georg versucht spaßig zu klingen, aber seine Stirnfalten und seine Augen zeigen Irritation.

Stefanie sagt nichts, nimmt den Umschlag, hält ihn mit beiden Händen vor die Brust. Wie konnte ihr das passieren? Schusseligkeit? Es ist nicht das erste Mal, dass Dinge an Orten auftauchen, wo sie sie nicht hingelegt hat, glaubt, sie nicht hingelegt zu haben.

„Jetzt lass erst mal sehen, was du hier schon alles geschafft hast." Georgs Stimme holt sie aus ihren Gedanken. „Dann machen wir uns ein richtiges Festessen, ich hab alles dabei." Er öffnet den Kofferraum und holt einen riesigen Einkaufskorb heraus, aus dem Spargelspitzen, ein Salatkopf, Auberginen und Zucchini herausschauen und natürlich zwei Flaschen von ihrem Lieblingsrotwein.

Zuerst aber zeigt Stefanie Georg das Haus.

„Du warst ja richtig fleißig", sagt er, als er sieht, dass das Internet eingerichtet ist, WLAN praktisch jeden Raum im Haus versorgt, die Küche in einem sonnigen Gelb und das Schlafzimmer in einem sanften Lindgrün gestrichen ist. Einen kleinen Raum im Erdgeschoß, den Inge als Mischung aus Abstellraum und Hauswirtschaftsraum genutzt zu haben schien, hat Stefanie schon mehr oder weniger leergeräumt und Pläne für die Neugestaltung gezeichnet. Es soll ihr Arbeitszimmer werden. Auch für die anderen Räume hat sie bereits Skizzen angefertigt.

Aufgeregt führt sie Georg nach der Besichtigungstour durch das Haus in den Garten. Er ist das eigentliche Schmuckstück des Anwesens. Riesige alte Obstbäume bieten selbst an den heißesten Sommertagen angenehmen Schatten. Am Gartenzaun zur Ostseite wachsen Beerensträucher. Auf einer kleinen Terrasse, deren Belag aus wunderschönem Travertin sich schon an einigen Stellen löst, stehen alte, verwitterte Korbstühle.

Stefanie zieht Georg in den hinteren Teil des Gartens zu einem Schuppen. „Schau dir das an", sagt Stefanie begeistert.

„Ein Schuppen!?"

„Ja. Da könnte man doch sogar einen Stall, dahinter eine Koppel, ein Pferd ... Was meinst du?"

Georg sieht sie an, schüttelt kaum merklich den Kopf. „Lass uns erst die anderen Sachen erledigen. Dann werden wir darüber nachdenken."

Das Wochenende verbringen die beiden damit, Pläne zu schmieden, To-do-Listen und Rangordnungen aufzustellen.

Als sich Georg am Sonntagabend wieder auf den Weg macht – die Tür seines Golfs schon geöffnet –, zieht er Stefanie noch einmal an sich heran. „Vielleicht sollten wir heiraten, jetzt, wo wir uns häuslich niederlassen", flüstert er ihr ins Ohr.

Stefanie schaut ihn an und zieht gespielt die Augenbrauen hoch. „Meinst du das ernst?"

„Denk darüber nach." Georg sitzt schon im Auto und lacht sie an. „Bis zum nächsten Wochenende."

Jetzt lacht auch Stefanie, aber Georg ist schon auf der Straße, unterwegs zurück in die Stadt.

Am nächsten Morgen wird Stefanie von der Sonne geweckt, die durch die Fenster scheint. Sie streckt die Arme aus, räkelt sich und dabei verrutscht die Decke des Bettes neben ihr. Ein Päckchen kommt zum Vorschein. Ihre Lieblingspralinen im Miniaturformat. Eine große rote Schleife ist um das Päckchen gebunden und daran hängt eine Karte mit *Guten Morgen, Schatz*.

„Ach, ist das süß!" Stefanie steht auf, läuft in ihrem Schlafshirt auf nackten Füßen, das Päckchen in der Hand, in die Küche. Dort öffnet sie die Packung, will hineingreifen und schaut dann verblüfft in die Schachtel. Vier der vierundzwanzig Mulden sind leer. Komisch, denkt sie, wollte Georg sie tatsächlich mit einer angebrochenen Pralinenschachtel überraschen?

Sie läuft zurück ins Schlafzimmer, holt ihr Handy und ruft ihn an.

Er drückt sie weg.

Wahrscheinlich ist er in einem Meeting, denkt sie, macht sich einen starken Kaffee und setzt sich mit der Tasse und ihrem Laptop an das wackelige Tischchen auf der Terrasse. Sie genießt den Blick in den Garten und darüber hinaus in die hügelige oberbayerische Landschaft und fängt an, die Grundmelodie für eine Filmszene zu entwerfen. Sie hat das Gefühl, die Melodie direkt aus der Natur zu übernehmen, sie zu adaptieren. Die Vögel im Garten, die Blätter, die sich im Wind bewegen, ein Kuckuck in der Ferne, das Summen der Insekten, Inspiration im Überfluss.

Stefanies Blick geht hinüber zu der alten Hollywoodschaukel. Als kleines Kind ist sie immer mit ihrer Mutter auf der Hollywoodschaukel gesessen. Inge hatte ihr zuvor meist etwas Leckeres aus der Küche mitgegeben: Erdbeeren mit Zucker, ein Eis, ein paar Kekse, und Mama hatte ein Buch dabei, aus dem sie vorlas. In Stefanies Erinnerung ist es immer Sommer.

Am Sonntagnachmittag, bevor Georg fahren musste, ist sie mit ihm auf der Hollywoodschaukel gelegen. Er hat zwar nicht vorgelesen, aber es ist mindestens so kuschelig wie damals mit Mama gewesen. Stefanie hatte dicke Kissen aufgelegt, die sind jetzt weg. Stefanie geht zur Schaukel und sieht dahinter und darunter nach. Schließlich sucht sie den gesamten Garten ab. Nichts. Vielleicht hat Georg sie ins Haus gebracht. Doch auch im Haus findet sie die Kissen nicht.

Stefanies Smartphone klingelt. Georgs Bild erscheint auf dem Display.

„Du hast angerufen! Ich war gerade in einem Meeting."

„Tut mir leid, das konnte ich natürlich nicht wissen!"

„Was war denn so wichtig?"

„Hast du die Kissen von der Hollywoodschaukel weggeräumt?"

„Deswegen rufst du an? Aber, nein, hab ich nicht!"

„Komisch. Eigentlich wollte ich mich für die Pralinen bedanken! Das war lieb von dir."

„Welche Pralinen?"

Stefanie stutzt. „Du hast mir doch diese Schachtel mit meinen Lieblingspralinen unter deine Bettdecke gelegt, mit einem Zettel dazu."

Es ist eine Weile ruhig in der Leitung.

„Was steht auf dem Zettel?"

„*Guten Morgen, Schatz* – aber das musst du doch noch wissen!"

„Stefanie, du weißt, dass ich dich nie Schatz nenne. Ich hab dir dieses Päckchen nicht hingelegt."

„Aber dann ..." Stefanie kann nicht weitersprechen. Was geht hier vor?

„Stefanie", Georgs Stimme klingt ganz ruhig, „kann es sein, dass du zu viel allein bist, da draußen? Geht es dir gut?"

„Ja, es geht mir gut. Und nein, ich bin nicht zu viel allein!" Dann fügt sie etwas versöhnlicher hinzu: „Ich komme zurecht, Georg. Aber bitte komm am Wochenende."

„Natürlich komme ich."

Stefanie beendet das Gespräch. Es ist gut, wenn er kommt. Sie fängt an, die Einsamkeit zu spüren und manchmal macht sie ihr Angst. Sie ruft Tante Inge an. Vielleicht hat sie einen heimlichen Verehrer, der ihr Pralinenschachteln ins Bett legt und nicht weiß, dass Inge gar nicht mehr da ist.

Inge nimmt das Gespräch sofort an. Stefanie erzählt von dem Haus, wie sehr es ihr gefällt und dass sie Inge gerne besuchen möchte. Inge ist einverstanden, nennt ihr die Adresse der Einrichtung, in der sie untergebracht ist und sie verabreden sich für den nächsten Tag.

Am Nachmittag möchte Stefanie die Gemüsebeete vorbereiten. Gerade als sie hinausgeht, klingelt das Festnetztelefon. Als Stefanie sich mit ihrem Namen meldet, bekommt sie keine Antwort.

„Das ist der Anschluss von Inge Martin."

Auch jetzt meldet sich niemand.

„Na, dann halt nicht!"

Stefanie legt den Hörer auf und macht sich auf den Weg in den Schuppen, um sich nach Geräten zur Gartenbearbeitung umzusehen. Sie findet einen Spaten, eine Harke und einen Rechen und nimmt sie mit zu den Beeten. Die Arbeit ist schwerer, als sie dachte. Unkraut hat sich überall breitgemacht und ihr bleibt nichts anderes übrig, als Stich für Stich umzugraben. Am Abend sind die Gemüsebeete fein säuberlich geharkt und gerecht, kein einziges Unkrautpflänzchen ist mehr zu sehen. Sogar einige Reihen Radieschen und Karotten – den Samen hat sie im Schuppen gefunden – hat Stefanie gesät. Sie ist stolz auf sich, da ist es gar nicht mehr so schlimm, dass der Rücken schmerzt.

Stefanie macht sich Spaghetti mit Soße aus dem Glas, dazu trinkt sie einen Rotwein, sieht sich im Internet die Nachrichten an, telefoniert mit Georg und geht kurz nach zehn Uhr ins Bett. Sie kuschelt sich in Inges dicke Decke, schaltet das Smartphone auf Flugmodus und schläft im Nu ein.

Irgendwann schreckt sie hoch. Es ist stockdunkel. Ein Geräusch hat sie geweckt. Ein Klingeln. Sie greift nach ihrem Smartphone, das auf dem Stuhl neben dem Bett liegt. Das Display ist dunkel, kein Vibrieren, kein Ton. Das Klingeln geht weiter. Stefanie schaltet die Taschenlampe ihres Smartphones an und versucht, dem Klingeln auf den Grund zu gehen. Nichts. Sie spürt, wie langsam Panik in ihr aufsteigt. Sie ist wieder ein kleines Mädchen, das bei ihrer Freundin die Nacht verbringt, …

„Mama macht einen Ausflug", hatte Mama ihr gesagt. „Morgen früh hol ich dich wieder bei Sophie ab." Doch Mama kam nicht. Stattdessen klingelte mitten in der Nacht das Telefon. Mama kam nie mehr wieder …

Das Klingeln hört nicht auf. Am Fenster kann Stefanie es besonders laut hören. Sie sucht die Fensterbank ab. Nichts. Vielleicht draußen. Ohne nachzudenken, läuft sie im Schlafshirt hinaus. Sie leuchtet in die Sträucher vor dem Haus, sucht den Boden ab und die Hausbank. Nichts!

„Brauchen Sie Hilfe?"

Stefanie erschrickt so sehr, dass sie kein Wort herausbringt. Im Mondlicht kann sie auf der Straße einen Mann mit einem Fahrrad erkennen.

„Ich wollte Sie nicht erschrecken. Ich bin Benedikt, vom Hofladen da hinten." Der Mann deutet ins Dunkel. „Ich hab hier ein Licht wandern sehen. Ist alles in

Ordnung?" Und nach einer Pause: „Wer sind Sie eigentlich? In dem Haus wohnt doch jetzt niemand!" Seine Stimme ist immer zögerlicher geworden, so als wäre er nicht sicher, ob er nicht selbst in Gefahr sei.

Stefanie schaut ihn an, weiß nicht recht, ob sie ihm trauen kann. „Irgendwas klingelt hier dauernd!", sagt sie, merkt dann aber schnell, dass diese Aussage recht eigenartig klingen muss. „Es hört sich an wie ein Handy, aber meines ist es nicht!", fügt sie unsicher hinzu.

„Soll ich Ihnen suchen helfen?"

„Ja, bitte."

Benedikt lehnt sein Fahrrad an den Zaun, öffnet die kleine Gartentür, betritt das Grundstück und schaut sich suchend um.

Jetzt wird Stefanie bewusst, dass sie nur ein Shirt trägt. „Ich hol mir eine Jacke." Sie verschwindet im Haus.

Als Stefanie in einer dicken Jacke wieder aus dem Haus kommt, deutet Benedikt auf das Fensterbrett zum Vorgarten. „Hier liegt ein Handy und klingelt!"

Stefanie sieht ihn erschrocken an. „Haben Sie das da hingelegt?"

„Nein, natürlich nicht. Ich bin doch gerade erst gekommen."

Stefanie nimmt das Handy in die Hand und in diesem Moment verstummt es. „Ich kenne es nicht", murmelt sie. „Wer legt denn ein Handy auf mein Fensterbrett?"

Stefanie merkt, wie sich ein flaues Gefühl in ihrer Magengegend breit macht.

„Dann werd ich jetzt ja nicht mehr gebraucht." Benedikt verabschiedet sich von Stefanie und lädt sie ein, bei
Gelegenheit zum Hofladen zu kommen.

Stefanie bedankt sich, sagt halbherzig zu, schaltet das
fremde Handy aus, um sicher zu sein, nicht mehr gestört
zu werden, geht ins Haus und legt sich wieder in ihr Bett.
Doch schlafen kann sie nicht mehr. Zu viele eigenartige
Dinge sind in letzter Zeit passiert. Zu vieles, was sie sich
nicht erklären kann.

Am nächsten Tag macht Stefanie sich auf den Weg,
um Tante Inge zu besuchen. Das fremde Handy steckt sie
in ihre Handtasche. Vielleicht weiß Tante Inge, wem es
gehört. Auch die Pralinen und die Karte nimmt sie mit.
Es muss schließlich eine logische Erklärung für die eigenartigen Vorfälle geben.

Die Einrichtung liegt am Stadtrand von Wasserburg.
Stefanie kommt in einen kleinen Eingangsbereich mit einer Rezeption, und als sie der Angestellten den Namen
ihrer Tante nennt, schickt diese sie nach einem kurzen
Blick auf den Computerbildschirm einen langen, schmalen Nebengang hinunter. Stefanie geht den Gang hinunter, der vor einer großen Schwingtür endet. *Hospiz* steht
auf einem Messingschild.

Stefanie wundert sich, ist sie den falschen Weg gegangen? Aber die Anweisung der Angestellten war eindeutig. Sie geht durch die Schwingtür und findet gleich an der zweiten Zimmertür ein Schild mit Tante Inges Namen. Sie klopft und als sie keine Antwort hört, drückt sie vorsichtig die Klinke hinunter und tritt ein. Vor ihr öffnet sich ein in Sonnengelb gestrichener Raum mit hellen Vorhängen an den Fenstern, die sich im leichten Luftzug bewegen, einer gemütlichen Sitzgruppe und Fotos an den Wänden. Auf einem der Fotos erkennt Stefanie sich selbst als kleines Kind mit ihrer Mutter und auf einem anderen bei einem Klaviervorspiel.

Stefanie wendet sich dem Bett zu, das neben einem raumhohen, halb geöffneten Fenster steht. Das Fenster gibt den Blick auf einen Park frei. Grün, wohin man sieht. Beruhigend, anheimelnd und endgültig. Im Bett liegt eine hagere Frau. Stefanie geht zu ihr, die Blumen, die sie unterwegs gekauft hat, unbeholfen in der Hand haltend. „Tante Inge?"

Die Frau öffnet die Augen und lächelt. „Stefanie? Schön, dass du gekommen bist." Das Sprechen strengt die Frau offensichtlich an, kurz schließt sie die Augen.

Stefanie sucht verzweifelt ihre Tante Inge im Gesicht der Frau, die in diesem viel zu großen Bett liegt. Und sie findet sie in den kleinen Lachfältchen um den Mund, in den Grübchen, die in den faltigen Wangen gerade noch so zu erkennen sind, vor allem aber in den Augen, grün mit braunen Sprenkeln, die so viel Wärme ausstrahlen, dass Stefanie sich sofort zu Hause fühlt. Sie setzt sich an den Bettrand und nimmt Inges Hand. „Warum", sagt sie, „warum hast du mir nicht gesagt, was mit dir los ist? Ich hätte mich doch gekümmert."

Inge lächelt zaghaft. „Deswegen."

Stefanie und Inge unterhalten sich lange. Es ist fast wie früher. Stefanie fühlt sich wohl. Und als Inge müde wird, bleibt Stefanie einfach am Bett sitzen und hält Inges Hand. Wie damals, wie auf der Hollywoodschaukel. Als Stefanie dann das Zimmer verlässt, weiß sie, dass sie sich von Tante Inge für immer verabschiedet hat.

Im Haus angekommen stellt Stefanie ihre Handtasche im Flur ab. Dabei fällt ihr ein, dass sie mit Inge nicht über die Pralinen und das Handy gesprochen hat. Egal, das ist jetzt nicht mehr wichtig.

Am nächsten Morgen klingelt Punkt acht das Festnetztelefon. Eine freundliche Stimme teilt Stefanie mit, dass Tante Inge verstorben sei. Schon in der Nacht sei sie friedlich, mit einem Lächeln, eingeschlafen. Aber Inge hatte ihr, der Stimme, schon lange vorher das Versprechen abgenommen, Stefanie nicht in der Nacht anzurufen. Denn das könne eine schreckliche Erinnerung wachrufen. Stefanie geht hinaus in den Garten, setzt sich auf die Hollywoodschaukel und weint.

Bei der Testamentseröffnung einige Tage später, erfährt Stefanie vom Notar, dass sie das Haus erbt und auch noch eine kleine Summe Geld, um die nötigsten Instandhaltungsmaßnahmen vornehmen zu können. Als Stefanie zurückfährt, hat sie das Gefühl, jetzt endlich heimzukommen.

Ein paar Tage später besucht sie Benedikts Hofladen. Anna, Benedikts Frau, nützt die Gelegenheit für eine Pause. Sie setzen sich mit einem Kaffee vor den Laden und sprechen über Inge, über das Leben auf dem Land und über die Schwierigkeiten des Eingewöhnens.

„Hatte Tante Inge einen Freund?", fragt Stefanie unvermittelt.

Anna schaut sie erstaunt an. „Wie kommst du denn darauf?"

Stefanie erzählt von den Pralinen unter der Bettdecke.

„Aber dann müsste ja jemand im Haus gewesen sein!"

„Das ist es ja. Es gibt noch mehr Eigenartiges. Gestern waren Zigarettenstummel vor der Hollywoodschaukel und einmal war am Morgen die French Press im Schrank, obwohl ich sie immer auf der Anrichte stehen lasse."

Anna sieht Stefanie an und lacht. „Ach, solche Dinge passieren mir auch dauernd. Gewöhn dich erst einmal richtig ein, dann hört das bestimmt auf. Aber von einem Freund weiß ich nichts." Anna setzt ein Schmunzeln auf.

„Es sei denn, es war ein heimlicher Verehrer", fügt sie lachend hinzu.

„Das Festnetztelefon klingelt immer wieder, sogar nachts, und dann ist niemand dran. Das würde tatsächlich zu einem heimlichen Verehrer passen. Aber mich macht es langsam verrückt." Stefanie merkt, dass es ihr guttut, endlich mit jemandem über diese eigenartigen Vorfälle sprechen zu können. Manchmal fängt sie an, an sich selbst zu zweifeln.

Am Wochenende kommt Georg. Er bringt eine Auflage für die Hollywoodschaukel mit. „Ist angenehmer so", sagt er.

Stefanie nickt. Die Kissen erwähnt sie nicht. Er würde wieder nur die Stirn runzeln, sie sorgenvoll betrachten mit dem Blick, der sagt: „Was stimmt nur nicht mit dir?"

„Übrigens, ich habe eine Überraschung für dich." Georg geht zum Kofferraum, öffnet ihn. Sofort springt ein Hund heraus und läuft auf Stefanie zu.

Stefanie weicht erschrocken zurück. „Bring ihn weg. Bitte, bring ihn weg!" Sie drückt sich an die Haustür, die Arme vor dem Körper angezogen, als rechne sie jederzeit mit einem Angriff.

Georg nimmt den Hund an die Leine. „Komm schon, der tut dir doch nichts. Das ist ein Rottweiler, ein hervorragender Wachhund."

„Aber du weißt doch, dass ich Hunde nicht aushalte."

„Du brauchst hier jemanden, der auf dich aufpasst, und Zero kann das prima!" Georg tätschelt dem Hund den Hals. „Und außerdem ist das alles eine Kopfsache. Gewöhn dich erst einmal an ihn."

Stefanie weiß, dass sie das gar nicht will.

Am Abend sitzen Stefanie und Georg auf der Hollywoodschaukel. Zero ist am Nussbaum angebunden und gerade dabei, Stefanies Karottenbeet umzugraben.

„Warum hast du bloß dieses Tier mitgebracht? Du weißt doch, dass mir Hunde Angst machen."

„Angst kann man überwinden. Du brauchst hier, fernab jeglicher Zivilisation, Schutz. Übrigens, das Kellerfenster stand offen. Das ist leichtsinnig. Da kann jeder einsteigen."

Stefanie war noch gar nicht im Keller. Aber sie sagt nichts.

„Und deine Idee mit dem Pferd. Das geht doch nicht. Das siehst du ein, oder?" Georg streicht ihr über das Haar. „Das macht viel zu viel Arbeit. Ein Pferd ist zu teuer. Du verdienst doch kaum etwas."

„Das ist nur jetzt, während der Pandemie, das wird wieder besser."

„Ach, weißt du, ich will dir deine Träume ja nicht zerstören. Aber so gut warst du nie im Geschäft. Was glaubst du, wie viele auf den Musikmarkt drängen, wenn die

Clubs wieder öffnen. Da muss man schon richtig gut sein, Kraft haben, Energie." Nach einer kleinen Pause fügt er hinzu: „Auch mental!"

„Wie meinst du das?" Stefanie rückt von Georg ab und schaut ihn verwirrt an.

„Du merkst es doch selbst. Alle diese komischen Vorkommnisse in letzter Zeit." Georg schweigt.

Eine Weile ist es ruhig.

Dann steht Stefanie abrupt auf. „Ich bin müde. Ich gehe schlafen. Kümmere du dich um diesen Hund, aber bring ihn nicht ins Haus. Gute Nacht." Damit verlässt sie den Garten.

Als Stefanie am nächsten Morgen aufwacht, packt Georg gerade seine Reisetasche. „Was ist los?" Stefanie gähnt.

„Guten Morgen! Ich habe eine Mail bekommen, ich muss dringend zurück nach München."

„Was? Du fährst jetzt?"

„Ja, es geht nicht anders!"

„Du willst mich doch wohl nicht mit dem Hund allein lassen!"

„Komm, jetzt stell dich nicht so an. Zero ist ein absolut verträglicher, gut erzogener Hund. Er wird auf dich aufpassen. Er ist in der Küche."

„In der Küche?! Du solltest ihn doch draußen lassen!"

„Das geht nicht. Er muss in der Nacht ins Haus, sonst dreht er wegen jeder Katze durch." Georg geht auf die Schlafzimmertür zu. „Ich mach mir noch einen Kaffee, dann muss ich los."

„Georg!" Stefanies Stimme wird zum Kreischen. „Ich kann nicht mit dem Tier allein bleiben! Auf keinen Fall." Stefanie ist im Bett so weit hochgerutscht, dass sie mit dem Rücken an der Wand lehnt, hat die Beine angezogen, die Decke hält sie vor ihrem Körper zusammengeballt. „Du weißt das!" Sie kämpft mit den Tränen und mit ihrer Wut.

Georg dreht sich langsam um und geht zum Bett. „Stefanie, bitte, reiß dich zusammen. Das ist doch nicht normal, was du aufführst. Das ist krank!"

„Georg, bring den Hund weg!"

„Wenn du nicht sofort vernünftig wirst, rufe ich den Arzt."

Stefanies Augen sind weit aufgerissen.

Georg dreht sich um und geht zur Tür. Doch dann zögert er, kommt noch einmal zurück. „Stefanie", sagt er jetzt mit ruhiger Stimme, „du musst auf dich aufpassen. Diese komischen Vorfälle in der letzten Zeit. Du vergisst ständig Dinge, bildest dir etwas ein, du bist mit den Nerven am Ende. Vielleicht solltest du dich in einer Klinik ein wenig ausruhen."

Stefanie schüttelt heftig den Kopf.

„Ich möchte dir doch nur helfen." Georg gibt ihr einen Kuss auf die Stirn und verlässt das Schlafzimmer.

Stefanie kann das Bett nicht verlassen. Sie zittert. Ihr Blick ist ununterbrochen auf die Tür gerichtet. Sie hört Georg in der Küche poltern, dann das Haus verlassen, im Auto wegfahren.

Stefanie bleibt im Bett sitzen. Warum tut er ihr das an? Oder hat er recht? Ist sie so kaputt? Sie hätte nie hierherkommen sollen, in dieses Haus mit all den Erinnerungen, in diese Einsamkeit, allein mit sich und jetzt auch noch mit diesem Hundeungetüm. Sie hat panische Angst vor Hunden. Vielleicht wäre die Klinik tatsächlich eine Lösung?

Sie sieht auf ihr Smartphone. Mittlerweile sind zwei Stunden vergangen. Ihr Magen meldet Hunger. Aber in die Küche kann sie nicht, unmöglich. Die Haustür hat sie ins Schloss fallen hören. Draußen wäre sie sicher. Sie steht auf, geht zum Fenster und klettert hinaus. Wieder nur im Schlafshirt.

„Kann ich helfen?" Benedikt, der mit seinem Fahrrad gerade vom Hof kommt, hält an. „Das scheint mein Standardsatz zu werden", fügt er grinsend hinzu und schaut amüsiert an Stefanie hinunter. „Dein Outfit hat sich auch nicht geändert."

„Bitte, Benedikt, kannst du mit einem Hund umgehen?"

„Da hast du aber Glück. Ich bin sozusagen der Hunde-flüsterer von Neudorf. Gibt es ein Problem?"

„Ja, in meiner Küche sitzt ein Rottweiler, ich glaube jedenfalls, dass es einer ist." Und dann etwas leiser: „Ich habe Angst."

Benedikt sieht sie aufmerksam an, sagt aber nichts, lehnt das Fahrrad an den Gartenzaun, geht zum Haus und schaut durchs Küchenfenster. „Ein Rottweiler, sagst du?"

„Ja, nein, ich weiß nicht. Ich kenne mich mit Hunden nicht aus. Er hat gesagt, es sei ein Rottweiler."

„Ein Rottweiler ist nicht ganz ungefährlich, wenn man ihn nicht kennt, vor allem wenn man Angst hat. Und du bist sicher, dass er in der Küche ist?"

„Ja, das hat er gesagt!"

„Wer ist – er?"

„Georg, mein Freund, aus München, er hat ihn ge-bracht! Der Hund soll auf mich aufpassen!"

„Obwohl du Angst vor Hunden hast?"

Stefanie spürt, wie die Tränen kommen. Sie versucht, sie zurückzuhalten. Es gelingt nicht. Sie nickt.

„Also, ich habe keinen Hund durch das Fenster gese-hen. Die Küchentür ist geschlossen. Aber ich gehe noch ins Haus und schau nach." Benedikt öffnet die Haustür einen Spalt, schlüpft hinein und schließt die Tür hinter sich.

Es dauert sehr lange, dann öffnet sich die Haustür weit, Benedikt steht in der Tür. „Ich habe keinen Hund gefunden."

Stefanie sieht ihn mit groß aufgerissenen Augen an und bricht mit einem Schluchzen zusammen.

Benedikt zieht sein Handy aus der Tasche und will telefonieren.

Da springt Stefanie auf. „Nein, ich will nicht in die Klinik!" Sie will ihm das Handy aus der Hand reißen.

Benedikt antwortet ruhig: „Ich werde Anna anrufen, dass sie herkommt. Sie wird dir helfen."

Wenig später hat Anna Stefanie in das provisorische Arbeitszimmer gebracht. Außer einem Schreibtisch, einem Stuhl und Bergen von Büchern, Noten und Papieren ist nichts im Raum. Hier kann sich kein Hund verstecken. Anna hat Fenster und Türen verschlossen und Stefanie eine große Tasse Pfefferminztee gebracht. „Pfefferminz hilft immer, hat meine Oma gesagt."

Benedikt kommt herein. „Ich habe das Haus und den Garten gründlich abgesucht. Es gibt keine Spur von einem Hund."

„Aber ich habe ihn gesehen", flüstert Stefanie. Nachdem sie Anna und Benedikt die ganze Geschichte erzählt hat, sagt sie: „Ich kann hier nicht bleiben! Hier werde ich verrückt ... Wenn ich es nicht schon bin."

„Du kannst zu uns kommen", bietet Anna an.

Aber Stefanie schüttelt den Kopf. „Nein, ich fahre heute noch nach München. Vielleicht sehe ich dann wieder klarer. Und ich muss mit Georg sprechen."

„Bist du sicher, dass das gut ist?"

Stefanie sieht Zweifel in Annas Augen. „Ja, vielen Dank für das Angebot, aber ich muss zurück. Ich muss Klarheit bekommen. Heute noch!"

Zwei Stunden später steht Stefanie vor ihrer Wohnungstür in München und will gerade den Schlüssel in das Schlüsselloch stecken, als sie drinnen Stimmen hört. Georg spricht mit einer Frau. Die beiden müssen direkt vor der Wohnungstür stehen.

„Wir sehen uns dann morgen, Georg", sagt die Frau, „vielleicht weißt du dann schon mehr."

„Ich denke schon." Stefanie erkennt Georgs Stimme. „Der Hund hat ihr den Rest gegeben. Aber wenn ich ehrlich bin, ich war auch froh, als ich ihn wieder im Tierheim abgeben konnte."

„Was denkst du, was passieren wird?"

„Na ja, der Anruf in der Nacht war schon ziemlich heftig. Sie hat da ein Trauma, weil sie als Kind durch einen Telefonanruf in der Nacht erfahren hat, dass ihre Mutter tot ist. Jetzt, nach der Sache mit dem Hund, sollte es nicht mehr sehr schwierig sein, sie in die Klinik zu bringen. Dann werde ich dafür sorgen, dass ich die Betreuung übernehmen kann, und dann können du und ich in das

Haus ziehen. Wenn diese Tante nicht so früh gestorben wäre, hätte ich Stefanie noch vorher geheiratet. Aber ich habe mit einem Anwalt gesprochen. Es sollte auch mit der Betreuung funktionieren."

„Hoffen wir, dass du recht hast. Sie ist zäh."

Stefanie erstarrt. Georg hat sie absichtlich in diese Lage gebracht. Er hat sie angelogen, immer wieder. Selbst der Vorschlag zu heiraten ist eine Lüge gewesen. Beinahe wäre Georg sogar erfolgreich gewesen. Auf der Fahrt hierher hatte Stefanie sich überlegt, dass ein kurzer Aufenthalt in einer Klinik vielleicht tatsächlich gut für sie wäre. Aber jetzt sieht alles anders aus. Und wer ist diese Frau? Irgendwie kommt ihr die Stimme bekannt vor.

In diesem Moment geht die Wohnungstür auf, Georg steht mit dem Rücken in der Tür, gibt der Frau einen Kuss und lässt sie dann an sich vorbei aus der Tür treten. Vor Stefanie steht Simone, ihre beste Freundin.

Am nächsten Morgen ist Stefanie wieder auf dem Weg nach Neudorf. Anna und Benedikt hat sie noch am Abend vorher informiert, beide warten auf der Hollywoodschaukel unter den Birken auf sie. Stefanie fällt ihnen in die Arme und lässt ihren Tränen freien Lauf. Später erzählt Stefanie, dass sie Georg aus ihrer Wohnung und aus ihrem Leben geworfen hat.

Als die Coronazahlen abflauen und die Infektions-
werte es zulassen, organisiert Stefanie die Verabschiedung
von Tante Inge in einem neu eröffneten Friedenswald. Es
sind nicht viele Besucher da, ein paar alte Freunde von
Inge sowie Anna und Benedikt.

Stefanie hat ihr Saxophon mitgebracht und spielt die
Melodie, die ihren Anfang in Tante Inges Garten gefunden hat. Die Töne und Harmonien schwingen sich auf
und verstreuen sich wie Asche im Wind, in den Blättern,
in den Wipfeln der Bäume und verlieren sich im Blau des
Himmels.

Miriam Weinert

LAURA UND MARCEL

Als Marcel aus dem Badezimmer kommt, kniet Laura mit hängendem Kopf vor ihm auf dem Boden im Flur. Sie röchelt nach Luft. Langsam hebt sie ihren Kopf und sieht zu ihm auf. Er blickt in ihr sehr blasses Gesicht, ihre Augen sind weit aufgerissen. Mit beiden Händen umfasst sie ihren Hals, quietschende Laute dringen aus ihrer Kehle. Hilfeflehend streckt sie ihm ihre Hand entgegen. Aus der entblößten Stelle an ihrem Hals spritzt ein dünner Blutstrahl heraus. Das grelle Rot verteilt sich. Marcel sieht, wie es auf ihrem weißen Overall zerfließt und davon aufgesaugt wird. Mit verzerrter Stimme quetscht sie „Du musst es sagen! Sag es bitte!" heraus. Er muss mitansehen, wie ihre Gesichtszüge einen grimassenhaft gequälten Ausdruck annehmen.

Marcel wirkt unbeeindruckt, sogar ein wenig gelangweilt. Während sie auf allen Vieren vor ihm hockt, nimmt er sich die Zeitung vom Sideboard. „Vielleicht schaffst du es ja bis zwanzig Uhr fünfzehn auf die Couch", sagt er mit einem kurzen amüsierten Blick auf die Sauerei im Flur und verabschiedet sich mit den Worten: „Mich findest du dann im Wohnzimmer."

Genervt rollt Laura mit den Augen, erhebt sich und beginnt, das angerichtete Blutbad zu begutachten. Beim Kauf des Kunstbluts ist sie diesmal auf Nummer sicher gegangen. Auswaschbar hat es sein müssen. Sie ist enttäuscht darüber, dass Marcel nicht einmal mit den Augenbrauen zuckt, wenn sie so ein krankes Theater vor ihm abzieht. Es lässt ihn völlig kalt. Sie krepiert... Gut, nicht wirklich. Aber er rührt keinen Finger. Sie stellt sich immer vor, es sei echt, damit es auch real rüberkommt, wie im Film, und dann will sie nichts weiter, als dass der Held, also Marcel, ihr sagt, wie sehr er sie brauche und sie sein Leben sei. Aber was macht er? Nichts.

Nachdem sie den Overall in die Waschmaschine gesteckt, das Blut von Wand und Boden weggewischt und sich eine Packung Chips mit einem Hat-nicht-geklappt-Seufzer aus der Küche geholt hat, folgt sie ihm ins Wohnzimmer. Er bietet ihr wortlos seine Schulter zum

Ankuscheln an. Sie schmiegt sich an ihn, aber das ist ihr jetzt nicht genug. Es ist wieder an der Zeit, ihn daran zu erinnern, dass sie nicht selbstverständlich ist.

Ein bisschen gestört ist es schon, das würde sie zugeben, wenn man sie danach fragte. Einmal hat sie sich bei einem romantischen Essen auf dem gemeinsamen Balkon den Arm abgehackt. Natürlich nicht den echten. Einer Freundin, die eine Boutique betreibt, hatte sie beim Ausräumen des Lagerraums geholfen. Dabei tauchte der vereinsamte Arm einer lebensgroßen Kleiderpuppe auf. Laura wusste sofort etwas damit anzufangen. Und so kam es, dass sie nach dem Servieren des Abendessens am Balkon eine kunstvoll inszenierte Metzelszene hinlegte und sich dabei theatralisch den linken Arm abhackte. Damals war das Kunstblut noch nicht abwaschbar und die Überreste dieser Aktion sind noch bis heute an manchen Stellen auf den Holzdielen des Balkons sichtbar. Marcel aß während dieser spektakulären Show ungerührt weiter seine Pasta, öffnete nebenbei den Rotwein und fragte, ob sie auch welchen wolle. Während er offenbar auf ihre Antwort wartete, konnte sie an seinem Gesichtsausdruck erkennen, wie sehr er sich das Lachen verkniff. Die Frage und seine Bemühungen, ihren Auftritt nicht zu ruinieren, brachten sie so sehr aus dem Konzept, dass sie unweigerlich selbst zu lachen beginnen musste.

Die Nachbarn auf den anderen Balkonen, die dank Laura aus ihrer allabendlichen Routine gerissen wurden, klatschten Beifall, als sie erkannten, dass die beiden eine schräge Art von Humor hatten. Und Laura verbeugte sich stolz.

Andere Leute machen solch schockierende Sachen vielleicht zu Halloween oder als Straßenkunst. Doch Laura bringt so etwas gern an beliebigen Tagen.

Ein anderes Mal hat sie mit Kreidemarker die Umrisse ihres Körpers auf die dunkelroten Fliesen des Badezimmers gezeichnet und sich darin als Leiche platziert. Als Marcel sie beim Türöffnen versehentlich anstieß und sie dabei zusammenzuckte, dürfte ihm klar geworden sein, dass er schon wieder in eine ihrer Inszenierungen geraten war.

Laura ist sich sicher, dass er ihre skurrilen Einfälle mehr mag als Kinofilme. Schließlich plant sie diese Auftritte sehr genau, wie andere Leute Geburtstagsfeiern. Denn so viel Ehrgeiz um ihm ein Ich-liebe-Dich zu entlocken, zeigte vor ihr vermutlich noch keine Frau.

Manchmal überraschte Laura auch schon unbeabsichtigt Freunde mit ihrem morbiden Humor, und da zumindest diese vereinzelt in Panik verfielen oder bei dem dargebotenen Spaß mitspielten, hatte sie ihr Ziel schon erreicht. Ein klar diagnostiziertes Aufmerksamkeitsdefizit ist nichts dagegen.

Vielleicht wird Marcel ihr in nächster Zeit Einhalt gebieten und endlich nachgeben. Was er nach den ersten Vorstellungen schon manchmal halbherzig getan hat. Aber es scheint noch nicht so weit zu sein. Er will ihren Einfallsreichtum wohl noch ein wenig auskosten.

An diesem Morgen beschließen sie, gemeinsam zur Arbeit zu fahren. Sie sind sehr still. Es ist zu früh zum Reden. Aus dem Radio ertönen die Klänge von klassischem Gefiedel, und die haben eine beruhigende Wirkung auf sie beide.

Plötzlich stellt Laura das Radio leiser. „Also, ich habe darüber nachgedacht", beginnt sie die geborgene Stille im Auto zu durchbrechen. „Ich finde, es fehlt einfach etwas, und komme zu dem Schluss ..."

Weiter kommt sie mit ihren Ausführungen nicht, denn Marcel ist gerade mit fünfzig Sachen, die sich anfühlen wie hundert, abgebogen und legt eine Vollbremsung in einer Seitenstraße hin.

Nachdem Lauras Puls wieder einigermaßen messbar ist, platzt es aus ihr heraus: „Sag mal, hast du sie noch alle?"

„Laura, wir kriegen das schon hin! Bitte überleg dir das noch mal! Du weißt doch, was du mir bedeutest. Willst du wirklich alles aufgeben? Uns?"

Marcel wirkt etwas durcheinander. Laura sieht ihn fassungslos an. Sie meint zu sehen, wie sein Kinn ein wenig zuckt.

Er nimmt ihre Hand in seine.

„Wovon redest du bitte?", fragt sie irritiert. Nun dämmert es ihr, dass hier möglicherweise etwas durcheinandergeraten sein könnte.

„Willst du nicht Schluss machen?" Seine Stirn liegt fragend in Falten.

Es rührt sie, dass er ihre Worte offenbar so verstanden hat. „Schatz, ich wollte dich nur fragen, ob wir die zwei Katzenbabys von der Nachbarin adoptieren wollen."

Sichtbar entspannt sich seine Stirn. „Gott sei Dank!", lautet das Stoßgebet, das er an die Wagendecke entsendet, und startet den Motor. „Kommt gar nicht in Frage", reagiert er mit entschlossenem Ton in der Stimme.

Aber das ist ihr völlig egal. Dopamin und Serotonin vernebeln gerade ihr Gehirn. Er hält auch den Rest des Weges weiterhin ihre Hand. Und sie hegt keine Ambition, sie wegzunehmen. Das würde eine ganze Weile anhalten, lautet ihr inneres Fazit.

Melanie Nitzlnader

GLASSPLITTER

Unruhig dreht sich Max in seinem Bett von einer Seite auf die andere. Starrt mit leerem Blick in die Dunkelheit. An Schlaf ist auch heute wieder nicht zu denken. Um vier Uhr dreißig klingelt endlich sein Wecker. Er steht auf, spürt jede seiner schweren Gliedmaßen. Wäscht sich im Bad mit eiskaltem Wasser das Gesicht. Verquollene Augen einer schlaflosen Nacht blicken ihm aus dem Spiegel entgegen. Schnell wendet er sich ab, kann den Anblick seiner Visage nicht ertragen. Er geht in die Küche und startet die Filterkaffeemaschine. Langsam tröpfelt der Kaffee in die Kanne. Max zieht sich in der Zwischenzeit seine Arbeitskluft an: graue Hose, graues Shirt. Den Fleck darauf übersieht er bewusst. Seine Jacke stopft er in den Rucksack im Gang.

Er geht wieder in die Küche und holt ein kleines Glas Wasser. Geht zur Wohnungstür, öffnet sie leise und gießt behutsam seinen Kaktus vor der Tür. Das letzte Geburtstagsgeschenk seiner beiden Mädchen. Unbedingt musste er ihn vor die Wohnung stellen. „Papa, der Kaktus bekommt wunderschöne pinke Blüten, das sollen alle im Haus sehen!", hat Melinda damals voller Aufregung gequietscht.

Jedes Mal, wenn er die Wohnung verlässt, fällt sein Blick auf den Kaktus. Immer zieht sich dabei sein Herz zusammen. Die Sehnsucht nach seinen Mädchen schnürt ihm die Luft ab.

Er geht zurück in die Küche, drückt das Glas fest in seiner Hand und schlägt es mit solcher Wucht auf die Arbeitsplatte, dass es eigentlich in tausend Teile zerspringen müsste. Er füllt den fertigen Kaffee in eine Thermoskanne, schultert seinen Rucksack und macht sich auf den Weg zur Arbeit im Steinbruch.

Jeden Tag dasselbe. Aufstehen. Anziehen. Der elend lange Weg in die Arbeit. Die verdammte Arbeit im Steinbruch. Nach Hause. Abendessen. Schlafen gehen. Allein sein. Ich vermisse meine Mädchen.

Mit schweren Schritten trottet er dahin. Langsam fließen die ersten Sonnenstrahlen über den Himmel, die wenigen Wolken schimmern rosa. Es berührt Max nicht. Er blickt nicht in den Himmel. Er sieht den Matsch und den Dreck zu seinen Füßen, spürt das Gewicht seines Rucksackes auf seinen Schultern.

Seit seine Exfrau mit den Kindern zurück zu ihren Eltern nach Hamburg gezogen ist, hat er sich aufgegeben. Die Zugfahrt von über acht Stunden schafft er höchstens einmal im halben Jahr. Geld ist das Einzige, was er ihnen zurzeit an Liebe zukommen lassen kann. Doch viel bleibt am Ende des Monats nicht übrig. Die Pfändung verschlingt beinahe seinen gesamten Lohn. Sein Leben ist für ihn nichts mehr wert, es ist nur noch anstrengend. Der seit Jahren angehäufte Schuldenberg, der sich vor ihm auftürmt, scheint unüberwindbar.

Mit gesenktem Blick und hängenden Schultern schlurft Max weiter. Kommt durch einen Wald. Sanftes Sonnenlicht strahlt durch die Blätter, Lichtfunken tanzen im Tau des neuen Tages. Die feuchte Erde klebt dick an Max' Schuhen. Matsch spritzt bei jedem Schritt auf seine Hose. Es ist ihm egal. Er verschwendet keinen Gedanken an sein Auftreten.

Kein Mensch spricht mehr mit mir. Wieso habe ich nur so viel Scheiße gebaut? Ich habe alles verloren.

Seine Freunde haben sich von ihm abgewendet. Er schuldet jedem von ihnen Geld. Geld, das er nie zurückzahlen kann. Michi, sein bester Freund seit

Kindheitstagen, hat alles versucht, um ihn vom Casino fernzuhalten. Doch Max ließ sich nicht helfen. Er hat alle von sich gestoßen, wollte am Ende nur wieder alles zurückgewinnen, wollte alles wieder gutmachen.

Max' Weg führt ihn weiter zu einer Lichtung mit einem kleinen See. Libellen tanzen über die Wasseroberfläche. Eine leichte Brise fährt durch das Schilf und durch Max' Haare.

Er blickt auf.

Ich vermisse meine Mädchen. Was sie wohl gerade machen? Ich würde sie so gerne umarmen. Ich Arsch, wieso bin ich nur in dieses verdammte Casino gegangen? Hätte ich bloß nicht gewonnen an diesem verfluchten Abend. Wäre ich nur in dieser Nacht nicht Natascha begegnet. Warum habe ich mich auf sie eingelassen?

Max hebt einen großen Stein vom Boden auf. Mit voller Kraft wirft er ihn ins Wasser. Die friedliche Idylle wird gestört, der vorher so ruhige See ist aufgewirbelt. Aufgebracht fliegen die Libellen in alle Richtungen davon.

Natascha. Ihr rotes Haar und die fast schwarzen Augen. Ihr Blick hat ihn in dem glückberauschten Moment nach seinem ersten großen Gewinn im Casino gefangen genommen. Den ganzen Abend hat sie ihn von der Bar aus angeflirtet, immer wieder Blickkontakt zu ihm gesucht. Als er gewonnen hat, ist sie sofort zu ihm rübergekommen. Er hat mit ihr die restliche Nacht verbracht, hat gedacht: Das ist Liebe! Jetzt weiß er: Das war der Rausch des Moments. Die Nächte wurden seine neuen Tage. Er vergaß seine Familie. Kam nachts nicht mehr nach Hause. Jeden Abend flehte ihn seine Frau an, bei ihr zu bleiben. Doch der Rausch ließ nicht nach. Er lachte über sie und rief beim Hinausgehen: „Wir werden noch Millionäre, du wirst schon sehen!" Bis er eines Tages nach Hause kam und keiner mehr da war.

Die Straße zum Steinbruch ist gesäumt von uralten Eichen. Majestätisch stehen sie am Straßenrand. Blätterrauschen und Vogelgezwitscher begleiten seine letzten Meter in die Firma. Aber Max sieht davon nichts, hört nichts, ist in seinem Kopf in Geiselhaft. Sekunde um Sekunde wirbeln dieselben Gedanken darin herum. Ein endloser Strudel, der ihn immer weiter in die Düsternis zieht. Hinein in die Dunkelheit.

Ich war so dumm. Ich hasse mich. Ich halte das nicht mehr aus.

Freundlich begrüßen ihn seine Kollegen an der Stempeluhr.

Max nickt ihnen kurz zu. Er legt seinen Rucksack in den Spind und holt den Schlüssel für den Bagger beim Chef.

„Guten Morgen, Max!", begrüßt der Chef ihn und blickt hinter dem Computer hervor. „Hast du kurz Zeit?"

„Morgen. Was gibt's?"

„Max, unsere Auftragslage ist zurzeit nicht gut. Ich muss dir kündigen."

„Was?! Aber wir haben doch mehr als genug Arbeit!"

„Mir wurde gestern Abend ein großer Auftrag abgesagt. Im Moment kann ich dich nicht mehr beschäftigen."

„Gibt es denn keine andere Möglichkeit? Ich brauche diesen Job unbedingt!" Wut steigt in Max auf. Er rauft sich mit den Händen die Haare. Sein Blick wandert aufgeregt durch den Raum, auf der Suche nach einer Lösung.

„Zurzeit sind mir die Hände gebunden. Ruf mich doch in einem halben Jahr noch einmal an."

„Ein halbes Jahr?!" Max' Augen weiten sich ungläubig. Ein halbes Jahr ohne geregelten Lohn. Ein halbes Jahr, in dem er keine Unterhaltszahlungen leisten kann. Seine Exfrau wird das nicht verstehen. Er zerrt an seinem Kragen.

„Max, alles in Ordnung bei dir?"

„Nichts ist in Ordnung!"

„Ich weiß, du hast Schulden, Max, aber es geht nicht anders. Ich muss auf meinen Betrieb schauen und du bist als Letzter dazugekommen."

„Alles klar. Ich geh dann mal an die Arbeit." Er reißt seinem Chef den Baggerschlüssel aus der Hand und knallt die Tür hinter sich zu.

Leere im Kopf. Ferngesteuert setzt er sich in den Bagger. Beginnt den Schotter von einem Haufen zu einem anderen Haufen umzuschichten. Donnernd rauschen die

Steine aufeinander. Der Lärm dringt nicht zu ihm durch. Er ist weg. Weit weg.

Ich nütze hier keinem mehr. Nicht hier, nicht zu Hause. Meine Kinder sind ohne mich besser dran. So einen Vater, wie ich es bin, braucht keiner. Scheiße, ich will hier raus.

Dunkelheit hüllt ihn den ganzen Tag wie eine Wolke ein. Die Schwärze seiner Gedanken, sie ist fast greifbar. Stur arbeitet er ohne Pause den ganzen Tag durch. Hat keinen Hunger, keinen Durst, will keinen sehen oder hören. Eine graue Wolkenwand zieht auf.

Als er auf seine Uhr blickt, ist es schon nach achtzehn Uhr. Ein winziger Sonnenstrahl kämpft sich noch durch die Wolken und scheint kurz auf Max' Gesicht. Er schließt seine Augen und genießt die Wärme vor der Dunkelheit. In diesem Augenblick dringt eine Idee zu ihm durch. Er erschaudert bei dem Gedanken daran. Doch das wäre das Ende all seiner Sorgen. Er atmet einmal tief durch und stellt den Bagger für diesen Tag ab. Schwingt sich aus der Fahrerkabine und landet hart auf dem Boden. Mit festen Schritten und erhobenem Kopf geht er zurück ins Büro zur Schlüsselabgabe.

Sein Chef ist noch da.

„Danke, Max, und es tut mir ehrlich leid!"

„Ich weiß, danke, dass du mir damals überhaupt die Chance gegeben hast. Ich wünsche dir alles Gute!"

„Was wirst du jetzt machen?"

„Ich habe schon einen Plan. Mach dir keine Sorgen." Mit einem festen Händedruck verabschiedet sich Max.

Seufzend beugt sich Max' Chef über seine Unterlagen und arbeitet weiter.

Max holt das letzte Mal seinen Rucksack aus seinem Spind und macht sich auf den Heimweg. Der angekündigte Regen tröpfelt auf ihn herab. Er spürt die Nässe nicht. Er spürt gar nichts mehr. Seine Gedanken sind nur bei seinen Mädchen.

Sein Plan ist unverrückbar. Für ihn ist er der letzte Ausweg aus seinem verkorksten Leben.

Am nächsten Morgen verhallt das Klingeln des Weckers in der Stille von Max' Wohnung.

Tage und Wochen vergehen. In der Wohnung bleibt es still.

Bis die Nachbarin von Gegenüber den vertrockneten Kaktus vor Max' Wohnungstür bemerkt. „Wie kann man denn nur einen Kaktus vertrocknen lassen?", murmelt sie. „Männer ..." Sie geht in ihre Wohnung, holt ein kleines Glas Wasser und gießt behutsam den Kaktus. „Was ist das denn für ein Gestank?" Sie atmet tiefer durch die Nase ein, versucht, den Geruch zu identifizieren. Ein Gedanke drängt sich laut in den Vordergrund. Die Härchen auf ihren Armen stellen sich steil auf. Das Glas rutscht ihr aus der Hand und fällt auf den Boden. Scheppernd zerspringt es in tausend Teile. Glassplitter überall, keine Chance mehr, es wieder ganz zu machen.

Monika Aigner

GUTEN ABEND, GUT' NACHT

Die Geräuschlosigkeit lässt sie aus dem Schlaf aufschrecken, diese unnatürlich dichte Stille. Ihre Hand tastet nach dem Kippschalter der kleinen Leselampe, sie stößt dabei ein Glas um, hört Wasser vom Nachttisch auf den Teppich tropfen. Ihre Hand wird fündig, sie schaltet das Licht ein und stellt anschließend das Glas wieder auf. Der Blick fällt auf die Lämpchen des Babyfons, die wie immer leuchten. Doch irgendetwas macht sie unruhig. War da doch ein Geräusch, das sie unbewusst wahrgenommen hat?

Sie schlägt die Decke zurück, schwingt ihre Beine aus dem Bett, steht auf und tappt zum benachbarten Kinderzimmer, in dem ihr kleiner Sonnenschein schläft.

„Sch, sch, mein Liebes, schläfst du? Deine Haut fühlt sich heiß und feucht an, auch dein Kopfkissen ist nass. Ich meine, deinen Atem zu spüren, und kann doch deinen Puls nicht ertasten.

Warum sehen mich deine weit geöffneten Augen so glasig an, wo bleibt dein Wimpernschlag? Dein Blick wirkt leer, ich sehe nicht in die Tiefe, es ist, als wäre kein Raum dahinter.

Komm, mein Lieb, lass dich in die Arme nehmen, dein Köpfchen an meinen eifrig schwellenden Busen drücken. Ich will dir ein Lied singen, von Sternen und dem guten Mond, von Schäfchenwolken und grünen Wiesen:

Guten Abend, gut' Nacht,

mit Rosen bedacht,

mit Näglein besteckt,

schlupf unter die Deck'.

Dein Gesichtchen ist lilienweiß, ich will es liebkosen, will dir die feuchten Haare aus der Stirn streichen, dein Näschen stupsen und mit den Fingern ganz sanft die Konturen deiner Lippen nachzeichnen.

Wie perfekt dein kleiner Körper ist! Du wirkst so in Ruhe gebettet wie in meinem Bauch, umfangen von meiner nicht enden wollenden Liebe. Meine Augen werden nie müde, sich an deinem Anblick zu erfreuen. Ich habe doch erst begonnen, dich zu lieben, so wenige Tage erst währt meine Mutterschaft. Noch nicht einmal das Kapitel *Anfang unserer gemeinsamen Zeit* ist abgeschlossen, deine Fußspuren in meinem Herzen sind winzig und dennoch so tief.

Morgen früh, wenn Gott will,
wirst du wieder geweckt.

Deine kleinen Fingerchen, wollen sie heute nicht meinen Zeigefinger umschließen?

Komm, mein Engel, wach auf, du kannst doch nicht ewig schlafen! Komm, komm zurück von deiner Reise und wenn auch nur für einen Moment, lass dich aus diesem tiefen Schatten, der plötzlich um dich ist, herausreißen. Aus dem Schatten, der sich auch in meinem Kopf breitmacht, in blassen Bildern, aus denen alle Farben ausgelaufen sind, während in meinem Körper ein loderndes Feuer brennt und mich in undenkbare Qualen stürzt.

Ich bin gefangen in meinem Leben und du sollst das Morgen nicht sehen?

Mein Engel, ich spüre deine Flügel auf meinen Augen und dein Duft erfüllt den Raum.

Schlaf nun selig und süß,
schau im Traum 's Paradies."

Zärtlich legt die Mutter ihr Sternenkind zurück in sein Bettchen und gibt ihm einen letzten Kuss auf die Stirn, streicht ihm noch einmal zärtlich über die Wange. Liebevoll deckt sie es mit der Schäfchendecke zu. Sie geht zum Fenster, schiebt die Vorhänge beiseite und öffnet die Fensterflügel weit, um die Seele ihres Engels aus der Gefangenschaft dieses Raumes zu entlassen.

Erst dann explodiert ein Schmerzensschrei in ihrer Kehle, der in seiner Sprachlosigkeit das Leid aller Mütter umfängt.

Monika Aigner

DER SEIDENSCHAL

„Die Würstchen sind durch, habt ihr schon Kartoffel-
salat?", ruft Jan. Er sprüht vor Freude, schwenkt sein Grill-
besteck und schichtet das Grillgut auf eine große Platte.
Ein sonniger Nachmittag im Juli mit Familie und Freunden, das ist ganz nach seinem Geschmack. Die Kinder haben bereits Ferien, sein zwölfjähriger Sohn und die sie-
benjährige Tochter toben mit den beiden Töchtern der
befreundeten Familie im Garten. Jan sieht den Mädchen
der Freunde zu, sie sind zwölf und vierzehn. Hilde, Jans
Frau, bringt gerade Grillsoßen und Knoblauchbrot aus
der Küche zum Gartentisch. Jan betrachtet sie liebevoll.
Sie ist zwar schon etwas in die Jahre gekommen, von ihrer

hübschen Figur zu Beginn ihrer Beziehung ist nichts mehr übrig. Um ihre Hüften hat sich ein Speckgürtel gebildet, die einst festen Brüste hängen schwer und schlaff hinunter, der Hintern wabbelt. Doch sie ist ihm eine fürsorgliche und treue Ehefrau und er liebt sie und die beiden gemeinsamen Kinder abgöttisch.

Bisher ist es ein Nachmittag gefüllt mit Gelächter, lustigen Anekdoten und erfrischenden Getränken. Jan freut sich jetzt darauf, seiner Familie und seinen Gästen auf den Punkt gegrilltes Fleisch zu servieren und ihre zufriedenen Gesichter zu beobachten, wenn sie es verspeisen.

Und dennoch kribbelt es ihm unter der Haut. Er kennt das Gefühl, es beginnt in den Fingerkuppen und steigt auf bis zu den Haarwurzeln. Wie lang ist es jetzt schon her? Er versucht nachzurechnen. Es war auch ein warmer Abend, allerdings im Frühling, er kann sich an die Schlüsselblumen am Waldboden erinnern. Mit einem Kopfschütteln verjagt er die Erinnerung.

Ein paar Stunden später loben die Gäste Jans Grillkünste und Hildes Salate und Soßen in höchsten Tönen, bevor sie mit ihren Töchtern satt und zufrieden abziehen.

Hilde räumt in der Küche das Geschirr in die Spülmaschine und wischt die Arbeitsplatte sorgfältig ab. Die wenigen Essensreste werden im Kühlschrank verstaut.

Jan kümmert sich währenddessen um Ordnung im Garten, reinigt den Griller notdürftig und bringt Gläser in die Küche.

Die Kinder sind im Bad und machen sich fertig fürs Bett. Hilde geht nach oben, wünscht den beiden eine gute Nacht und dreht das Licht ab. Nachdem soweit alles erledigt ist, ziehen sich Hilde und Jan mit einem Gläschen Wein in die Gartenlaube zurück.

Jan tätschelt seiner Frau die Hand. „Liebling, ich fahre doch schon morgen Nachmittag."

Hilde nickt verständnisvoll. „Das versteh ich, Schatz. Dann musst du dich in der Früh nicht so abhetzen."

Jan seufzt. „Diese Verkaufstouren sind immer so wahnsinnig anstrengend, aber Großkunden muss ich einfach persönlich betreuen." Jan besitzt eine mittelständische Sonnenschutzfirma und hat oft auswärts zu tun.

Hilde fröstelt ein wenig. Jan holt ihr einen Schal aus dem Schlafzimmer und legt ihn ihr um die Schultern. Sie kuschelt sich dankbar hinein. Er hat den Schal von einer Reise mitgebracht, wie manch anderen auch. Hilde freut sich immer über diese kleinen Geschenke.

Am folgenden Nachmittag fährt Jan in die einige hundert Kilometer entfernte Kleinstadt. Er hat seine Frau zum Abschied zärtlich geküsst und die Kinder liebevoll umarmt.

Nun sitzt er pfeifend in seinem schnittigen Wagen, trommelt mit den Fingern auf dem Lenkrad den Rhythmus des Radiosongs und singt lautstark die ihm bekannten Textstellen mit, voller Hoffnung, sich heute einen besonders schönen Abend zu gestalten.

An seinem Zielort angekommen, parkt Jan etwas abseits der Pension schwungvoll ein, holt sein Gepäck aus dem Kofferraum und begibt sich in die Pension, um sich an der Rezeption anzumelden.

Die Unterkunft ist unspektakulär, aber gemütlich. Jan blickt sich zufrieden um, die Wahl war gut. Im Zimmer packt er aus, duscht ausgiebig und genießt den leicht holzigen, herben Duft seines Parfums. Er hat es von Hilde zu Weihnachten bekommen, sie hat ein gutes Händchen bei der Auswahl der Aromen, die seine Männlichkeit unterstreichen. Zufrieden betrachtet er sein Spiegelbild, zupft sich ein paar lästige Nasenhaare mit der Pinzette aus, setzt seine modische Hornbrille auf und schlüpft in ein weißes Hemd und Jeans. Ein sommerlich leichtes Jackett im sonnigen Gelbton komplettiert sein Outfit.

Einige Minuten später verlässt er die Unterkunft. Beim Gehen winkt er der Pensionswirtin lächelnd zu und schlendert dann in Richtung eines Parks, hinter dem sich ein Wald erstreckt. Dieses hübsche Umfeld hat er bereits bei der Herfahrt von der Straße aus entdeckt.

Vor dem Abendessen möchte er die Gegend noch mehr erkunden. Er erfreut sich an dem hübschen Park und geht anschließend in Richtung des Waldes. Den Menschen, die ihm auf dem Waldweg entgegenkommen, nickt er freundlich zu, hin und wieder hebt er auch die Hand zum Gruß.

Währenddessen befühlt Jan mit der anderen Hand den Seidenschal, den er in seiner Jackentasche mit sich trägt. Er genießt die Geschmeidigkeit und Zartheit des Materials. Schon vor Wochen hat er ihn auf einer Dienstreise gekauft. Die Auswahl in dem Kaufhaus ist damals sehr groß gewesen. Jan hat sich viel Zeit genommen, um genau das Stück zu finden, das seinen Wünschen entspricht. Ein grüner Schal mit feinen weißen Blumen hat alle Kriterien erfüllt.

Die Entscheidung, welchen Schal er wählen wird, ist für ihn immer schwer. Er muss perfekt sein, doch was diese Perfektion genau ausmacht, kann er selbst nicht sagen. Es muss einfach alles passen, ein Zusammenspiel aus Zartheit und Festigkeit, ein besonderer Geruch, den er nicht definieren kann. Er muss sich an seine Hände schmiegen wie eine zweite Haut, durch seine Hände gleiten wie eine Schlange.

Der Schal in Jans Hand fühlt sich gut an und wird sich angenehm an den Hals schmiegen. Jan holt ihn aus der Tasche und führt ihn an sein Gesicht. Dem Stoff entströmt ein feiner Geruch und auch die Farben gefallen Jan, die weißen Blumen auf grünem Grund erinnern an eine warme, weiche Sommerwiese.

Jan schlendert noch ein Stück den Waldweg entlang, kehrt dann um und geht durch den Park zurück zur Dorf-straße. Er steuert auf ein schönes, altes Haus zu, dessen Schild *Zum Kirchenwirt* Speis und Trank verheißt.

In der Gaststube sitzen einige Männer am Stammtisch und spielen Karten, auch ein paar andere Tische sind besetzt. Jan nimmt an einem freien Tisch Platz und lässt sich vom Wirt die Speisekarte bringen. Er entscheidet sich für einen Schweinsbraten, damit fährt man in solchen Küchen meistens gut. Während er auf sein Essen wartet, spürt er die Blicke der anderen Gäste. Ein Fremder fällt hier offenbar auf. Er setzt eine freundliche Miene auf und nickt den Kartenspielern zu.

Der Wirt bringt das Essen und Jan greift hungrig zu. Das Fleisch ist saftig, die Fettränder schneidet er sorgfältig weg. Auch Knödel und Krautsalat lässt er sich schmecken. Beim Abservieren verwickelt Jan den Wirt in ein Gespräch.

„Danke, es war ganz ausgezeichnet. Gefällt mir gut bei Ihnen."

„Sie sind zum ersten Mal hier?" Und schon sprudelt der Wirt über Ausflugsmöglichkeiten und Sehenswürdigkeiten in der Umgebung los. „Nicht weit von hier ist eine romanische Kirche, außerdem ist eine Burgruine in der Nähe, die Sie besichtigen können. Ein Teil davon ist wegen Steinschlags gesperrt, aber der begehbare Rest ist beeindruckend."

Jan unterbricht den Redefluss des Wirts. „Für Ausflüge habe ich leider keine Zeit. Ich bin beruflich hier, Sonnenschutztechnik, Außendienst." Jan wirft einen Blick auf sein Handy. „Jetzt ist mir die Zeit zu schnell vergangen. Ist ja schon einundzwanzig Uhr. Ich habe morgen früh einen wichtigen Termin, da muss ich ausgeschlafen sein. Bringen Sie mir bitte die Rechnung."

Nach dem Bezahlen verabschiedet sich Jan vom Wirt, nicht ohne sich noch einmal zu bedanken und auch ein lautes Gute Nacht in die Gaststube zu rufen. Er kehrt auf kürzestem Weg zur Pension zurück, trifft die Pensionswirtin im Speiseraum an und erkundigt sich nach den Frühstückszeiten.

„Ich muss morgen sehr früh raus, also werde ich mich jetzt zur Ruhe begeben", erzählt er ihr, wünscht auch hier Gute Nacht und zieht sich in sein Zimmer zurück. Er ersetzt die auffällige Hornbrille durch Kontaktlinsen und schnappt sich ein blaues Leinenjackett. Der Seidenschal wechselt die Jackentasche. Er nimmt sich noch die Zeit, seine Frau Hilde anzurufen, berichtet ihr, dass er gut angekommen sei, fein gegessen habe und wünscht ihr Gute Nacht. Dann legt er das Handy auf das Nachtkästchen.

Unauffällig verlässt er die Pension über eine kleine Terrasse.

Jan geht zu seinem Wagen, steigt ein und fährt drei Dörfer weiter in eine Dorfdisco. Der Abend ist bereits fortgeschritten und das Lokal ist gut besucht. Jan lässt seinen Blick durch den Raum schweifen, lächelt zufrieden und zieht sich in ein dunkles Eck an der Bar zurück. Er bestellt ein Tonicwater, er möchte sich den Abend nicht mit Alkohol verderben.

Die Musik wummert aus den Lautsprechern, Jan fühlt den dröhnenden Bass in der Magengegend. Die Theke ist schon in die Jahre gekommen. Tiefe Rillen, Brandflecken von Zigaretten und eingeschnitzte Kerben mit Buchstaben und Herzen erzählen von einer bewegten Vergangenheit. Die Mixtur aus verschiedenen Gerüchen, die sich aus Alkohol, Parfums und zu wenig Frischluft ergibt, erinnert Jan an die Discobesuche seiner Jugend. Hier scheint die Zeit stehengeblieben zu sein. Der Barhocker wackelt ein wenig und Jan stellt sicherheitshalber einen Fuß auf den Boden.

Hauptsächlich junges Publikum bewegt sich ausgelassen auf der Tanzfläche, die von einer sich drehenden Discokugel in zappelndes Licht getaucht wird.

Jans Aufmerksamkeit gilt den jungen, schlanken Mädchen. Er beobachtet ein wild tanzendes Mädchen im Teenageralter, wie es rhythmisch seine Hüften schwingt und die blonde Lockenmähne wild hin- und herwirft. Das weiße Shirt rutscht manchmal hoch und der flache Bauch blitzt auf, kleine feste Brüste zeichnen sich unter dem Shirt ab. Die enge Jeans schmiegt sich an die schmalen Hüften. Kurz blitzt ein Bild in Jans Gedanken auf. Das Bild von seiner Frau Hilde, ihren ausladenden Hüften, den hängenden Brüsten und dem wabbelnden Hintern. Doch sofort kehrt seine Aufmerksamkeit auf die Tanzfläche zurück. Die Jugendliche scheint für sich allein zu tanzen, nur den hämmernden Klängen folgend. Die zuckende Beleuchtung lässt den Tanz eckig, bizarr wirken und übt eine erotische Faszination aus.

Jan registriert, wie sich Speichel in seinem Mund sammelt, im Schritt spürt er Hitze aufsteigen, in seinem Unterleib pulsiert das Blut, sein Glied regt sich. Mit den Augen verfolgt er die Jugendliche, wie sie leicht erschöpft zur Bar schlendert und einen Drink bestellt. Anschließend schnappt sie ihre Handtasche und verschwindet in Richtung WC. Ihr Cocktail wird serviert und steht unbeachtet an der Theke.

Jan greift sein Glas und geht gemächlich zu ihrem Barhocker. Er fährt mit der Hand in die Jackentasche, wird unter dem Seidenschal fündig und holt ein Fläschchen hervor. Geschickt drehen seine Finger den Schraubverschluss auf. Jan blickt um sich, doch niemand beachtet den älteren, unauffälligen Herrn. Er tropft etwas von der wässrigen Flüssigkeit in das Glas der Jugendlichen.

Nachdem er den Verschluss wieder auf das Fläschchen gedreht und es zurück in seine Tasche gesteckt hat, kommt sie zurück und schwingt sich auf den Barhocker neben Jan. Gierig greift sie nach dem Glas, trinkt hastig, setzt das Glas ab, um kurz darauf noch einen großen Schluck zu nehmen.

Unauffällig und ein wenig ungeduldig beobachtet Jan sie. Sie wischt sich über die Stirn, holt ihr Handy aus der Gesäßtasche und beginnt zu scrollen. Jan fällt es schwer, sie nicht anzustarren. Er versucht, sich gelangweilt zu geben, dreht sein Glas zwischen den Händen, wendet sich der Tanzfläche zu. Unendliche zehn bis fünfzehn Minuten vergehen, bis er eine Veränderung an ihr zu erkennen meint. Sie steckt das Handy wieder in die Hosentasche und hält sich dann mit beiden Händen am Tresen fest. Ihre Bewegungen wirken wie in Zeitlupe, wiederholt wischt sie sich Schweiß aus dem Gesicht.

Jan fragt sie wie nebenbei: „Alles okay bei dir?"

Sie blickt ihn an. „Klaro, nur ein wenig heiß."

Jan lässt noch ein wenig Zeit verstreichen, bis er sich ihr wieder zuwendet. „Ist aber auch warm hier drinnen und stickig."

Sie nickt ihm zu, die Augenlider bereits auf halbmast.

„Lust, mit mir draußen eine zu rauchen?" Er zieht eine Zigarettenpackung aus der Tasche und hält sie hoch.

„Ja, warum nicht." Sie gleitet vom Barhocker, drückt ihre Handtasche an sich und stolpert in seine Arme. „Ups, mir ist ein bisschen schwindlig." Die Worte kommen langsam wie bei einer Betrunkenen.

„Halt dich an mir fest, an der frischen Luft wird's wieder." Jan führt sie zur Tür. Niemand nimmt die geringste Notiz von ihnen.

Draußen angekommen steht die Jugendliche schwankend vor ihm und gibt einige undeutliche Worte von sich.

„Wenn du willst, kann ich dich heimfahren."

„Ja, ähm, mein, mein Bett … Ja, das wär jetzt, wär jetzt … gut."

Jan führt sie zu seinem Wagen, bugsiert sie auf den Beifahrersitz und fährt aus dem Dorf. Immer wieder wirft er ihr während der Fahrt einen Blick zu. Sie kann kaum noch die Augen offen halten. Schließlich landet ihr Kopf an Jans Schulter. Jan schiebt sie sanft weg, sodass sie nun im Beifahrersitz ruht.

Nach einer guten halben Stunde flotter Fahrt biegt Jan mit dem Wagen in einen Waldweg ein und hält erst nach geraumer Zeit an. Sie lehnt mit geschlossenen Augen im Sitz und ist offensichtlich völlig weggetreten. Jan parkt im Schutz einiger hochstämmiger Fichten, steigt aus, streift sich Latex-Handschuhe über und hievt sie auf den

Waldboden. Trotz ihrer zarten Figur ist sie schwer. Kurz öffnen sich ihre Lider, um gleich darauf wieder zuzuklappen.

Jan kniet sich neben sie. „Freust du dich?"

Jan streichelt liebevoll über ihre Haare, ihre Stirn, hält sich kurz bei ihren schön geschwungenen Lippen auf. Der Lippenstift ist etwas verwischt, Jan versucht, das mit dem Zeigefinger in Ordnung zu bringen. Er schiebt ihr Shirt hoch, legt seine Hände auf die kleinen, festen Brüste und öffnet anschließend ihre Jeans. Er leckt sich mit der Zungenspitze über die Lippen, atmet schwer, sein Glied fühlt sich heiß und mächtig an. Es scheint die Hose sprengen zu wollen. Er kann sich kaum mehr beherrschen, öffnet Knopf und Reißverschluss seiner Jeans, schiebt Hose und Unterhose bis zu den Knien und befreit den steifen Penis aus seinem Gefängnis. Aus der Jackentasche fingert er ein Kondom, reißt mit den Zähnen die Verpackung auf und stülpt es über sein Glied.

Sie lässt alles wehrlos über sich ergehen und stöhnt nur beim Eindringen in ihren zarten Körper einmal kurz auf.

„Ich wusste, dass es dir gefallen wird", raunt er ihr ins Ohr, während Speichel aus seinem Mund tropft. Die Hitze der Lust fährt ihm bis unter die Kopfhaut, er muss an sich halten, um nicht zu schnell zu stoßen. Die Finger wühlen sich in ihre Haare, quetschen ihre Brüste, er sabbert und hechelt. Schweiß rinnt ihm von der Stirn. Mit letzten, kräftigen Stößen kommt er zum Höhepunkt und stöhnt noch einmal laut auf. Der Wald verschluckt die Geräusche, die Bäume sind stumme Zeugen der Grausamkeit.

Aufseufzend lässt er sich auf ihren Körper fallen, kurzatmig, verschwitzt, erschöpft, befriedigt. Eine Weile bleibt er so liegen, seine Beine zucken in Erinnerung an den eben erfahrenen Genuss, das Glied pocht leicht, während es schrumpft. Mit leisem Bedauern, dass dieser Akt seiner höchsten Lust vorbei ist, löst er sich von ihr, zieht sorgfältig das Kondom ab, um es nachher in einer Plastiktüte weit weg von hier zu entsorgen. Er erhebt sich, zieht Unterhose und Hose hoch und schließt Reißverschluss und Knopf seiner Jeans. Er geht in die Hocke und ordnet ihre Kleidung. Das Shirt ist schmutzig, die Hose hat einen Riss, doch das kümmert ihn nicht. Sie wirkt immer noch völlig abwesend, nur ein leiser Seufzer entfährt ihren Lippen.

Jan holt den hübschen Seidenschal aus der Jackentasche. Er legt ihn ihr um den zarten Hals und beginnt, langsam zuzuziehen. Jetzt öffnet sie ihre Augen und in ihnen meint Jan zu erkennen, wie Verwunderung von Angst abgelöst wird und dann, als ihr der Schal immer mehr und mehr die Luft abschnürt, sieht er nackte Panik, die sie aus ihrem Dämmerschlaf zu reißen scheint. Mit weit geöffneten Augen bäumt sich der geschundene Körper auf und kämpft ums Überleben. Jan kann diesen Ausdruck lange genießen. Er lässt sich Zeit, zieht langsam, aber stetig zu, bis ihre Augen starr werden und der Kopf zur Seite fällt.

Er schließt ihre Augenlider mit seiner Hand und löst den Schal vom Hals. Er riecht am Schal, nimmt ihren Duft und ihre Angst wahr. Lächelnd steckt er den Schal wieder in die Jackentasche. Zu Hause wird er ihn seiner Frau Hilde schenken. Sie wird sich wie jedes Mal über das kleine Geschenk freuen und den Schal, wie die anderen auch, gerne tragen. Er freut sich schon darauf, wenn er manchmal ein wenig daran schnuppern und in Erinnerungen schwelgen kann.

Jan zieht die Leiche noch ein Stück weit zwischen die Bäume, deckt sie mit großen Fichtenzweigen zu und geht zum Auto.

Bei der Rückfahrt zur Pension sucht er in seiner Handyliste den passenden Song. Falcos Stimme schmeichelt aus dem Lautsprecher: *Du hast deinen Schuh verloren, als ich dir den Weg zeigen musste … Du brauchst mich doch, du bist bei mir.*

Jan durchströmt ein heißes Glücksgefühl. Welch wunderbare Nacht. Nach jedem Mal denkt er, dass es diesmal besonders schön war.

Und jetzt freut er sich schon auf morgen, auf sein Heim, seine liebevolle Frau und die Kinder.

Miriam Weinert

DER KANISTER

Er fühlt das kalte Blech des armeegrünen Kanisters in seiner Hand.

Der Kanister hat ihm in den vergangenen Jahren als Sicherheitsvorkehrung im Straßenverkehr gedient. Als jungen Mann und Führerscheinneuling hat ihn die Tankanzeige wenig gekümmert. Einmal ist er liegengeblieben. Da ist es aus gewesen, das Benzin. Stundenlang ist er mit erhobenem Daumen am Straßenrand gestanden, in der Hoffnung, es würde ihm jemand helfen. Als er schon daran gedacht hatte, aufzugeben, hielt ein älterer, ungepflegter Herr neben ihm an. Der Herr nahm ihn mit, ließ ihn bei der nächstbesten Tankstelle aussteigen und schenkte ihm diesen Kanister. Wohl mehr als Lektion fürs Leben. Gebraucht hat er den Kanister seit damals zwar nicht mehr, aber in jedes Auto ist er seither mit umgezogen.

Nun soll dieser Kanister einen anderen Zweck erfüllen. Wieder eine Lektion, sozusagen. Denn er ist ein Mann mit Prinzipien. Wenn er sich für etwas entscheidet, ist diese Entscheidung unumstößlich und wenn er etwas will, tut er alles dafür, es auch zu bekommen.

Das ist schon immer so gewesen, das hat sich schon gezeigt, als er noch klein war, unter anderem bei der Sache mit den Buntstiften von Hanni. Die waren besser als seine eigenen und glänzten so schön im Sonnenlicht. Klar, weil die Eltern von Hanni mehr Geld hatten. Da arbeiteten Vater *und* Mutter, und deswegen war Hanni immer gut ausgestattet. Seine Mutter arbeitete nicht, deswegen reichte es nicht für großartige Buntstifte. Eines Tages, als er neben der Hanni saß und es zu Schulende klingelte, da vergaß sie ihre Stifte. Sie war schon weg, als es ihm auffiel. Er nutzte die Gelegenheit und packte die bunten Stifte ein. Es war ganz leicht. Niemand hatte es gesehen. Zuhause besah er sich heimlich seine Beute. Er befühlte sie und war damit so vorsichtig wie mit dünnem Glas. Er würde sie nicht mehr hergeben. Sie gehörten nun ihm. Nach ein paar Tagen kamen sie ihm jedoch auf die Schliche. Seine Mutter fand die Stifte beim Aufräumen in der

Schublade und meldete es, nicht nur dem Vater. Zuerst schimpfte die Mutter mit ihm, wie enttäuscht sie von ihm sei. Am Abend schimpfte der Vater, der ihn fragte, womit er es verdiene, einen Dieb zum Sohn zu haben. Die Lehrerin verlangte vor der gesamten Klasse von ihm, dass er die Stifte zurückgab und sich bei Hanni entschuldigte. Nie wieder, so schwor er sich, würde er solche Scham empfinden. In der darauffolgenden Nacht konnte er nicht schlafen. Er musste darüber nachdenken, dass jetzt noch alles in Ordnung wäre, wenn sie die Stifte nicht gefunden hätten. Er dürfe Wichtiges eben nicht unbeaufsichtigt lassen, und vor allem würde er sich nie wieder etwas wegnehmen lassen, nicht auf so einfache und dumme Weise. Das nächste Mal würde er besser aufpassen.

Kurz nach diesem Vorfall verließ die Mutter die Familie. Die wollte er auch nicht hergeben. Er schrie und schlug um sich am Tag ihres Fortgehens. Sie war doch seine Mutter. Ist es nicht so, dass Mütter für immer bei einem bleiben? Zunächst hatte er die Mutter stehlen wollen wie die Buntstifte. Letztlich erkannte er, dass das unmöglich war.

Nun steht er an der Zapfsäule und füllt den unscheinbaren Kanister mit Benzin. Randvoll. Seine Hände riechen nach der schmierigen Flüssigkeit, als er kurz darauf in sein Auto steigt und losfährt.

Die Trafik wird offen sein, wie jeden Tag. Heute ist Donnerstag, da ist sie am Vormittag allein. Ihre Mitarbeiterin Luise hat donnerstags wegen der Kinder frei. Wenn er eintrifft, wird sie vermutlich gerade die Stapel der aktuellen Tageszeitungen in die Trafik hieven, die Plastikschnüre durchtrennen und die Zeitungen ordentlich in die Ständer und Fächer einordnen. Er sieht das Bild vor sich, wie er es in den vergangenen Jahren oft gesehen hatte.

Als sie ihm vor ein paar Tagen erzählt hat, dass sie jemanden kennengelernt habe und sie ein wenig Zeit für sich brauche, da hat es ihm augenblicklich die Kehle zugeschnürt. Als hätte jemand die Plastikschnüre der Zeitungsstapel um seinen Hals gewickelt. Er verstand es nicht. Ihre Trennung lag schon Jahre zurück, aber er hatte dennoch immer ein Auge auf sie. Half ihr, wenn niemand sonst helfen konnte, war für sie da, wenn es nicht so gut lief. Immer mit dem Ziel, sie wieder für sich zu gewinnen. Warum hat er nicht bemerkt, dass sich da jemand in ihr Leben geschlichen hat? Damit hat er nicht gerechnet. Es kam unerwartet. So etwas sollte nicht passieren. Schon gar nicht ihm. Er konnte schon die Mutter nicht halten und nun auch sie nicht. Das ist zu viel für ihn gewesen, da ist ihm schwindlig geworden. Besorgt hat sie ihn gefragt, ob es ihm gut gehe, und da wurde es ihm klar: Er wollte nicht, dass sie einem anderen Mann diese Frage stellt. Ihre Fürsorglichkeit, ihr Lachen, ihr Leben gehörten zu ihm. Er hat damals auf sie eingeredet, wurde immer aufgebrachter und wusste bald nicht mehr, was er sprach. Aber dieser Blick, den sie ihm zuwarf, eine Mischung aus Misstrauen und Angst, den würde er nie wieder vergessen. Dieser Ausdruck saß wie eine Ohrfeige und den hat er gespeichert.

Als er nun die Trafik betritt, ruft er sich genau diesen Blick in Erinnerung. Irritiert schaut sie ihn an. Er schließt die Tür hinter sich. Den Kanister leert er mit großen Schwüngen über sie und die Zeitungen. Sie rutscht aus, geht platschend zu Boden. Er hört sie flehen und kreischen, sieht wie sie versucht, sich die brennende Flüssigkeit aus den Augen zu wischen, aber nichts davon rührt ihn oder dringt gar zu ihm durch.

„Ich habe dich gewarnt!", schreit er. „Wenn ich dich nicht haben kann, soll dich niemand haben!" Er fühlt sich wie ein Cowboy, der für Recht und Ordnung sorgt und den Saloon der verkommenen Gesetzesbrecher mit einem einzigen kleinen Streichholz niederstreckt.

Miriam Weinert

DER EINTOPF

„Ich denke, wir sollten versuchen, eine Weile ohneei-
nander auszukommen."

Nur stockend waren die Worte aus Serge herausge-
kommen. Er stand an der Kochinsel und zwischen ihm
und Alex dampfte und brodelte es im Topf auf der glü-
henden Herdplatte.

Er hatte Alex beobachtet, wie er still und in sich ge-
kehrt nach Hause gekommen war. Als Alex gegen den
Wäschekorb im Flur stieß, fluchte er. Schimpfte darüber,
dass Serge es nicht auf die Reihe bekam, die Wäsche in
den Schrank zu räumen, statt ständig aus dem Korb zu
leben. Vielleicht käme ein besserer Moment, um mit Alex

zu sprechen, dachte Serge, wie in den vergangenen Tagen so oft, während er in der Küche nervös und aufmerksam Alex' Schimpftiraden und Schritten gelauscht hatte.

„Wie meinst du das? Wegen der Wäsche?", fragte Alex unbekümmert.

„Ich habe lange darüber nachgedacht in den vergangenen Wochen", versuchte Serge sich zu erklären. Damit hatte Alex nicht gerechnet, das konnte Serge in dessen Gesicht deutlich lesen.

„Du hast also die Lockdown-Wochen genutzt, um über unsere Beziehung nachzudenken. Bist hier eingezogen mit den Worten: ‚Lass es uns gemütlich machen in unserem Nest.' Und nun kommst du darauf, dass wir Abstand brauchen?!"

Wie Alex das formulierte, in diesem aggressiv werdenden Ton, klang es so hart. Als hätte Serge sich eingenistet und ihm etwas vorgemacht oder nur der Lockdown-Einsamkeit entfliehen wollen. Aber so war es nicht. Serge rührte mit dem Holzlöffel im Topf. Auch um nicht in Alex fassungsloses Gesicht sehen zu müssen.

„Ich verstehe das nicht", sagte Alex und suchte Serges Blick.

Serge verstand es selbst nicht richtig. Der Knoten in seinem Inneren zog sich strenger zusammen.

„Was habe ich falsch gemacht, bitte sag es mir, weil …" Alex schüttelte verständnislos den Kopf.

„Mir fehlt etwas. Es liegt nicht an dir. Du bist toll, großartig. Aber ich habe das Gefühl, dass ich nicht zu hundert Prozent fühle."

„Nicht zu hundert Prozent fühlen? Was ist das denn? Hast du in der letzten Zeit zu viele Statistiken im Fernseher gesehen, oder was?"

Es war hoffnungslos, man konnte mit Alex nicht diskutieren. Er zog vieles zu schnell ins Lächerliche, das hatte Serge schon so oft wütend gemacht. Und wenn Serge wütend wurde, dann wurde er still. Weil ihm die Worte fehlten. Weil die Wut, die in seiner Magengegend hochkochte, nicht sprechen konnte.

„Gut, dann eben anders." Serge überlegte in seiner Stille. „Es ist wie mit einem Eintopf, der gut schmeckt, bekömmlich ist und man nimmt auch gern noch eine zweite Portion. Aber nach jedem Bissen, bei jedem Blick auf den Löffel, denkt man sich: Irgendwas fehlt." Serge hatte es ganz ruhig hervorgebracht, wie eine Geschichte, ein Märchen.

Darauf blieb Alex stumm. Er nahm die Flasche Wein, die sie am Vortag gemeinsam geöffnet hatten, aus dem Regal, goss ihn in ein bauchiges Glas und nahm einen großen Schluck davon. Er wirkte gedankenverloren und starrte dabei in den Topf, der zwischen ihnen stand. „Was meinst du damit, es fehlt etwas? Wenn du jetzt irgendeine Rezeptzutat nennst, dann drehe ich durch", warnte Alex ihn. Serge entfernte sich mit behutsamen Schritten von der Kochinsel, es glich einem Rückzug, um mehr Raum zwischen ihnen zu lassen. Zwei Meter, ganz verordnungskonform, dachte Serge und empfand sich als feige. Zaghaft sah er kurz zu Alex hinüber. Die Stille schaffte noch mehr Distanz zwischen ihnen. Die Kraft war aus Serge gewichen und er suchte nach den richtigen Worten. Suchte nach ihnen in der Küche, in den Pfannen und den Schüsseln und nicht zuletzt im aufsteigenden Dampf. Nie hatte er gewollt, Alex weh zu tun. „Ich kann das nicht besser erklären."

„Ist es, weil wir in letzter Zeit oft gestritten haben?", versuchte Alex nachzubohren.

„Nein, natürlich nicht", sagte Serge beschwichtigend. Der Kühlschrank begann laut zu surren. Serge wurde bewusst, dass Alex es nicht verstehen konnte. Denn es war Serge, der in seinem Inneren wusste, dass es mehr geben musste. Dass er zu mehr Liebe fähig wäre. Aber dass das bei Alex nicht möglich war.

Serge mochte Alex sehr gern. Ihr gemeinsames Leben in den vergangenen zwei Jahren hatte viele schöne Momente hervorgebracht. Doch es fehlte dieser eine letzte Funke. Von Anfang an. Den sie auch jetzt nicht mehr entzünden konnten.

In den letzten Wochen im Lockdown hatte Serge sich nicht mehr wohlgefühlt. Unternahm stundenlange

Spaziergänge ohne Alex. Machte kleinere Radtouren allein und hatte nicht das Gefühl, Alex dabei haben zu wollen, geschweige denn, ihn zu vermissen. Er empfand sich mehr und mehr als Lügner einem Leben gegenüber, das er so nicht mehr wollte. Wie sie jeden Abend gemeinsam auf der Couch saßen, Alex sich die Chips in den Mund stopfte und Serge Alex' Kauen zuhören musste. Dieses Kauen. Wie das Essen zwischen Alex' Zähne geriet und zermalmt wurde, es war grauenhaft. Während sie die Nachrichten schauten, quatschte Alex immer dazwischen, immer genau dann, wenn etwas Interessantes gesagt wurde. Nur weil er sich lustig fand. Serge nervte das. Alex sollte jemanden finden, der das mit ihm genoss und der ihn nicht mit der Chipstüte erwürgen wollte. Und Serge würde sich auf die Suche nach jemandem machen, bei dem er einhundert Prozent Liebe geben könnte.

Viele solcher Kleinigkeiten hatten sich zu einem unüberwindbaren Berg aufgetürmt. Ohne Tunnel, ohne Licht am Ende. So zu tun, als wäre alles in Ordnung, während Serge sich selbst fragte, ob das gemeinsame Leben weiter- oder dem Ende entgegenginge, das hatte ihm Angst gemacht. Aber wie sollte er all das sagen, ohne Alex zu verletzen? Diese Frage bereitete ihm unzählige schlaflose Nächte. Sie ließ ihn in tiefe Grübeleien versinken und sogar seinen Appetit vergessen. Er ging das Gespräch in seinen Gedanken viele Male durch. Nur der richtige Zeitpunkt stellte sich bis eben nicht ein.

„Wie stellst du dir das jetzt vor?", erkundigte sich Alex.

„Ich werde mir eine Wohnung suchen. Wenn du willst, dass ich schon früher gehe, ziehe ich zu einer Freundin."

„Was? Du hast dir sogar einen Plan dafür überlegt, wenn ich dich jetzt rauswerfen würde?", stellte Alex erstaunt fest und leerte das Weinglas in einem Zug. Sein Gesicht verfinsterte sich. Er griff sich die Flasche, ging ohne ein weiteres Wort ins Schlafzimmer und zog die Tür hinter sich zu.

Serge blieb allein zurück. Erleichterung verdrängte nun die angestaute Anspannung. Sein Magen begann zu knurren und er nahm sich eine Portion vom herzhaften Eintopf.

Miriam Weinert

MUT KANN MAN NICHT KAUFEN

Sie öffnet die Beifahrertür des alten VW, der gerade neben ihr angehalten hat, und steigt hastig ein. Die Begrüßung fällt knapp aus. Dann fahren sie los. Als der Verkehr nicht mehr seine ganze Aufmerksamkeit fordert, erkundigt er sich nach ihrem Wochenende.

Sie blickt zum Fenster hinaus ins Leere und beginnt, ein wenig zu erzählen. Lustig und schön sei es gewesen, wieder einmal ausgiebig mit ihrer besten Freundin zu quatschen.

Er wendet sich wieder dem Verkehr zu.

Nach kurzer Stille fragt sie, eher pflichtbewusst als interessiert, wie seine vergangenen Tage gewesen sind. Schon als sie die Frage stellt, kennt sie die Antwort.

Die Umstände, unter denen er sich mit seinen Freunden trifft, sind ihr bekannt: Es wird in gemütlicher Runde getrunken, geraucht, gekifft, diskutiert, debattiert. Noch mehr geraucht, noch mehr getrunken, viel mehr diskutiert und auch gelacht, weil das Gesagte einen weltverändernden oder gar keinen Sinn ergibt, oder weil man schon lallt. Irgendwann, wenn niemand mehr in der Lage ist zuzuhören, geht man rauschig nach Hause.

Er beschreibt sein Wochenende mit den Worten „gemütlich ... mit all seinen Freunden". Da schaltet sie ab.

Sie sieht die vorbeifliehende Landschaft und denkt daran, dass diese Fahrt noch knapp zwei Stunden dauern wird.

Das vergangene Wochenende hätte eigentlich ihnen gehören sollen. Als Paar. Sie wollte die Tage nutzen, um über ihre Beziehung zu reden. Alles sagen, nichts auslassen, von der Unzufriedenheit darüber, wie es zwischen ihnen läuft. Dass es sie ankotzt. Seine Drogen. Sein Desinteresse an ihrem Leben und den Menschen, die ihr wichtig sind. Ausgehen muss sie mit anderen. Ihm gäbe das nichts. Er brauche das nicht. Sie hat genug vom gemeinsamen Einsamsein.

Er behauptet stets, ein Freigeist zu sein, nimmt scheinbar alles mit Leichtigkeit. Vielleicht zu leicht. Sein Interesse gilt der Musik und pflanzlichen Drogen. Er bezeichnet sich selbst als Künstler. Spielt Gitarre und dreht sich darauf seine Joints. Doch in ihren Augen ist er gelangweilt. Gelangweilt vom Leben. Und das will sie nicht mehr.

Die Hoffnung, dass sich nach einem gemeinsamen Wochenende alles wieder einrenke, dass er wieder mehr mit ihr unternehme und mit ihr ausgehe, ihre Freunde kennenlerne, statt sie zu ignorieren, aufhöre Gras zu rauchen, und es stattdessen für seine saftige grüne Farbe bewundere, hat sich verflüchtigt.

Es ist anders gekommen als geplant. Er hatte die Einladung seiner Freunde schon vor Wochen erhalten und wollte sie nicht ausschlagen. Sie wollte auf keinen Fall mitkommen. Trotzig hat sie damals vorgeschlagen, er könne sie bei ihrer Freundin absetzen und später wieder abholen. Er willigte ohne Widerrede ein. Das mit dem Abholen könne sie jedoch vergessen, dazu würde er nicht mehr in der Lage sein. Nüchtern zu bleiben, das war sie ihm am Wochenende nicht wert.

„Warum bist du so still?!"

Ihr fällt nichts Plausibles ein, um ihre Stille zu erklären, so zuckt sie mit den Schultern und schaltet das Radio ein.

Er liebt sie, das ist ihr bewusst.

Er ist noch nie ausgerastet, noch nie hat er sie angeschrien. Wütend hat sie ihn auch noch nie erlebt. Es gibt Seiten, die sie nie an ihm gesehen hat. Sie bemüht sich, auf die Musik im Radio zu achten, versucht den Songtext zu verstehen, ja sogar die Melodie mitzusummen.

Sie hat ihn geliebt. Am Anfang. Es hat ihr gefallen, wie er sich beim Kennenlernen um sie bemüht hat. Wenn er alles und jeden stehen gelassen hat, nur, um mit ihr Zeit zu verbringen. Dann ist er ihr Freund geworden, und nun ist es an der Zeit, ihn ziehen zu lassen. Dieses Leben aufgeben. Neu beginnen. Sie hat nicht mal Angst vor dem Alleinsein.

Ihr Herz schlägt verdammt schnell und stark in ihrer Brust. Um zu verhindern, dass er ihren Herzschlag hört, rutscht sie im Sitz hin und her. Aber sie kann und will die Beziehung nicht hier in diesem alten VW zwischen Autotür und Schalthebel beenden, während sie ihm nicht mal ins Gesicht schauen kann. Das wäre nicht fair. Das hat er nicht verdient. Außerdem könnte er sie aus dem Auto werfen, und es ist weit bis nach Hause.

Sie sieht zu ihm hinüber. Seine dunklen Haare, seine sanftmütigen Augen und sein Lächeln wirken im Ganzen immer so verschmitzt, richtig ansteckend ist dieser Ausdruck. Er bemerkt ihren Blick und sieht sie mit diesem ihr so vertrauten Lächeln an. Ihr Herz will auf das Armaturenbrett springen. Sie schluckt das blöde Ding zurück an seinen Platz. Nun wird ihr schlecht. Vielleicht ist es in den Magen gerutscht.

Der Gedanke, dass sie sich ohne ihn viel lebendiger fühlt und ihn zum Leben nicht braucht, lässt sie nach vorne blicken.

Eine neutrale Zone wäre gut, schießt es ihr in den Sinn. Sie bittet ihn, bei einem bekannten Gasthaus zu halten, um etwas zu essen. Er ist einverstanden.

Im Gasthaus, das nur mehr zwanzig Gehminuten von ihrer Wohnung entfernt liegt, bestellen sich beide Wurstsalat.

Alle Muskeln in ihr sind aufs Äußerste gespannt wie Drahtseile. Mit jeder Faser ihres Körpers ist sie bereit, fortzurennen. Einfach davon. Das Pochen in ihrer Brust ist immer noch unangenehm. Je mehr sie es ignoriert, desto stärker wird es. Jeden Moment werden ihre Innereien wegen Überbeanspruchung den Geist aufgeben. Was würde sie nicht alles dafür geben, um dieses Gespräch nicht führen zu müssen.

Als der Salat serviert wird, sticht er beherzt mit seiner Gabel zu. Sie hat keinen Appetit. Hunger schon gar nicht. Sie beobachtet ihn beim Essen. Dann nimmt sie einen tiefen Atemzug, so wie man das auch bei anstrengenden Fitnessübungen macht. Ihr Zittern und den rasenden Puls ignorierend, sieht sie ihn fest an und beginnt, das Unausweichliche auszusprechen. Mit gesammelter, doch leiser Stimme sagt sie: „Ich kann nicht mehr!"

Er sieht verwirrt von seinem Teller auf und zu ihrem Teller. „Du hast ja noch gar nichts gegessen! Wie kannst du jetzt schon satt sein?!"

„Ich kann *das* nicht mehr" – mit ihrer Hand deutet sie abwechselnd zwischen sich und ihm hin und her – „mit uns."

Er kaut unbeeindruckt weiter. Mit vollem Mund und von Fett glänzenden Lippen hakt er nach: „Was meinst du?"

Sie lässt sich Zeit, um nicht die falschen Worte zu wählen. „Unsere Beziehung … Ich kann und will sie nicht mehr führen."

Er schiebt sich die nächste vollgeschaufelte Gabel in den Mund.

Es irritiert sie, dass er weiter isst. Sollten Menschen mit gebrochenem Herzen nicht anders reagieren? Sie beendet gerade ihre Beziehung und er verspachtelt seinen Wurstsalat mit Käsestreifen, als hätte es das ganze Wochenende nichts zu essen für ihn gegeben. Nun isst auch sie zurückhaltend, da er nichts sagen kann oder will.

Als die letzten Wurststreifen mit Käse aufgespießt sind, sein Teller nur mehr die Restpfütze an Öl und Essig enthält, legt er gelassen Messer und Gabel nebeneinander darauf ab, als hätte er abgewartet diese Frage erst nach diesem wichtigen Mahl zu stellen „Warum willst du nicht mehr?"

Sie schluckt den Bissen in ihrem Mund mühsam hinunter. „Wir sind so unterschiedlich. Geworden, oder schon immer gewesen. Ich will was anderes … Es ist nicht leicht neben dir. Du bist eben du."

„Und wie hättest du mich denn gern?", fragt er sie mit kühner Süffisanz in der Stimme.

Mit der Gabel fährt sie Linien durch ihr Essen, auch um ihn nicht ansehen zu müssen. „Du bist gut so, wie du bist. Ich will gar nicht, dass du dich änderst. Außerdem ändern sich Menschen nicht. Sie können es versuchen, aber sie sind eben, wie sie sind. Es ist besser, wenn wir es beenden. Wir sind nicht glücklich."

„Ich war eigentlich glücklich. Bis eben."

„Das kann nicht dein Ernst sein?!", fragt sie ihn, während sie in seinem Gesicht nach Anzeichen von Sarkasmus sucht. „Wir wursteln uns durch. Mehr allein als gemeinsam. Wenn du dabei glücklich bist, habe ich was verpasst!"

Nun bricht Stille über beide herein.

Sie wartet auf eine Reaktion. Ein Augenzucken. Ein Verziehen seines Mundwinkels. Irgendwas. Nichts. Sie ist sich nicht einmal sicher, ob er versteht. Genau das … Genau auf das, auf diese Gleichgültigkeit hat sie keinen Bock mehr! Sie wächst soeben mehrere Zentimeter und das, obwohl sie sitzt.

„Okay … Es ist okay. Ich akzeptiere deine Entscheidung. Deine Sachen kannst du in den nächsten Tagen abholen. Ich denke, du wirst es bereuen", sagt er, wischt sich in aller Ruhe den Mund mit der Serviette ab und steckt sie unter das Besteck. Er steht auf, gibt der Kellnerin zu verstehen, dass die Begleitung zahlen wird, und blickt zurück zu ihr. „Jemanden wie mich gibt es nicht wie Sand am Meer." Mit einem Augenzwinkern und seinem verschmitzten Lächeln setzt er kess nach: „Du weißt ja, wo du mich findest."

Sie lächelt ihn erleichtert an. Sieht ihm nach, wie er die Gaststube verlässt, bis ihr die Kellnerin die Rechnung auf den Tisch legt. Sie weiß: Alles ist gut! Es ist ausgesprochen. Ihr Herz wie auch ihr Puls beginnen sich zu beruhigen. Jetzt gibt es kein Zurück. Sie prüft den Rechnungsbeleg, zählt das Geld aus ihrem Geldbeutel und legt es geordnet mit einem tiefen Seufzer der Erleichterung auf den Tisch. Freiheit und Wurstsalat kosten sie 19,80 Euro.

DIE AUTORINNEN:

MONIKA AIGNER ist 1959 in der Stadt Salzburg geboren worden, um hier zu bleiben. Sie hat sich immer schon gerne mit Wörtern beschäftigt. Das Spielen mit der Sprache im Unterricht von Jugendlichen und Asylwerber:innen machte nicht nur ihr Spaß, sondern brachte motivierende Ergebnisse für alle. Energie, die früher in notwendige pädagogische Fachbeiträge floss, kann jetzt im freien Schreiben Raum finden. Ihre Kurzgeschichten sind tragisch bis böse, manchmal mit einer Prise Humor. Sie machen nachdenklich und drehen sich um zwischenmenschliche Beziehungen.

MELANIE NITZLNADER wurde 1989 geboren und lebt gemeinsam mit ihren beiden Kindern und ihrem Mann in Wals bei Salzburg. Dort führt sie seit 2012 das Hotel Melanie. Mit dem Schreiben erfüllt sie sich einen lang gehegten Kindheitstraum. Die verschiedenen Facetten von Beziehungen aller Art faszinieren sie dabei besonders und spiegeln sich in ihren Geschichten wider.

ANNMARIE OTT wurde 1952 in Niederbayern geboren und hat dort ihre Kindheit verbracht. Nach Aufenthalten in Landshut, Augsburg und München verschlug es sie in das Berchtesgadener Land. Während ihrer Berufstätigkeit als Lehrerin hat sie mit viel Empathie und Leidenschaft versucht, hinter die Fassaden der Gesichter zu schauen, Schicksale zu erkennen oder zu erahnen. Bald ist die Idee entstanden, daraus Geschichten werden zu lassen. Jetzt, in der Pension, hat sie sich den Freiraum geschaffen, diese Geschichten aufzuschreiben.

MIRIAM WEINERT wurde 1986 im Erzgebirge geboren und somit als „Löffelschnitzerin" verkannt. Sie ging früh in die Welt hinaus, um das Fürchten zu lernen. Mit der Bescheinigung „aus ihr werde nie etwas" und der sie nie Glauben schenkte, kam sie über Umwege in die Mozartstadt. Seit 2018 betreibt sie in Salzburg an der Salzach ein kleines Café und schreibt mit präziser Beobachtungsgabe Kurzgeschichten über alltägliches und Menschen.